dtv

»Strauß hat in vielen seiner Gesellschaftskomödien gefragt: Was wäre, wenn bundesrepublikanische Gegenwartsmenschen, Architekten, Psychiater, Lehrer, Abteilungsleiter auf die alten Götter, die Mythen und Ur-Geschichten träfen? ... In ›Ithaka‹ geht er ohne Umwege zum Mythos hinab: Odysseus kehrt heim und stellt die alte Ordnung, sein Königtum, wieder her. Er tötet in der Maske des Bettlers die Freier, Athene stiftet Vergessen, Vergeben und Frieden, der Mörder wird entsühnt. – Ein lärmendes, wundersam leichtes, auch leichtsinniges Spiel aus einer anderen Welt«, schreibt Gerhard Stadelmaier in der ›Frankfurter Allgemeinen Zeitung‹ anläßlich der Uraufführung von ›Ithaka‹ in den Münchner Kammerspielen (in den Hauptrollen: Bruno Ganz und Gisela Stein).

Botho Strauß, am 2. Dezember 1944 in Naumburg/Saale geboren, war Redakteur, Theaterkritiker und später dramaturgischer Mitarbeiter an der Schaubühne am Halleschen Ufer. Lebt in Berlin.

Botho Strauß

Ithaka

Schauspiel nach den
Heimkehr-Gesängen
der Odyssee

Deutscher Taschenbuch Verlag

Ungekürzte Ausgabe
Dezember 1998
Deutscher Taschenbuch Verlag GmbH & Co. KG,
München

Umschlagkonzept: Balk & Brumshagen
Umschlagfoto: © Oda Sternberg
Satz: Reinhard Amann, Aichstetten
Druck und Bindung: C. H. Beck'sche Buchdruckerei,
Nördlingen
Gedruckt auf säurefreiem, chlorfrei gebleichtem Papier
Printed in Germany · ISBN 3-423-12595-0

Personenverzeichnis

Pallas Athene, Göttin mit den Augen der Eule
Odysseus, König auf Ithaka
Penelope, seine Gemahlin
Telemach, ihr Sohn
Laertes, Vater des Odysseus
Eurykleia, die Amme des Odysseus
Eumaios, der Sauhirt
Phemios, der Sänger
Medon, der Rufer und Mundschenk
Theoklymenos, der Seher
Iros, ein Bettler

Die Freier

Antinoos, Anführer der Freier
Eurymachos, sein Stellvertreter
Amphinomos, Lieblingsfreier der Penelope
Ktesippos
Elatos
Leiodes
Leiokritos
Amphimedon
Demoptolemos
Ageláos
Euryades

Die Mägde

Melantho
Autónoe
Hippodameia
Psyria
Eriphyle

Die Drei fragmentarischen Frauen

Knie
Schlüsselbein
Handgelenk

Stimme des Zeus

Volk von Ithaka, Soldaten, Helfer und Mägde

Dies ist eine Übersetzung von Lektüre in Schauspiel. Nicht mehr, als höbe jemand den Kopf aus dem Buch des Homer und erblickte vor sich auf einer Bühne das lange Finale von Ithaka, wie er sich's vorstellt. Abschweifungen, Nebengedanken, Assoziationen, die die Lektüre begleiten, werden dabei zu Bestandteilen der Dramaturgie. Der Dialog opfert, um beweglich zu sein, den Vers und den rhapsodischen Ton. Dennoch bleiben die großen Übertragungen von Johann Heinrich Voß und Anton Weiher zumindest im Anklang gegenwärtig: es möge genügen, um den Hörer wie eh und je in die Kindheit der Welt zu versetzen.

Treffen: 05.01.2010

I
Die Ankunft

- ersten beiden Kapitel:

bis 13 Gesang Homer

I

Oberes Gemach der Penelope. Halbverdeckt von der Rückenlehne sitzt die Fürstin auf ihrem Thronsessel. Ihr gegenüber auf einem Schemel Amphinomos, ein junger Freier.

PENELOPE Amphinomos. Du allein weißt nun, wie ich, die Bittere, lebe. Daß mein Gesicht vom Lächeln träumt wie von einer fernen Jugendfreude. Ich sehe, daß du ein Herz besitzt. Ja, ein Herz. Anstand. Liebenswürdigkeit. Daß du mich achtest und dich nicht scheust, in die schwarze Flamme zu blicken, die ich bin – die mich verzehrt.

AMPHINOMOS Was von Eurem Rätsel ist mir begreiflich? Was werde ich nie verstehen?

PENELOPE Du hast diesen riesigen Leib. Er zwingt dich, immer aufrecht zu sitzen. Ich halte mich gerade. Damit mir der Bauch nicht ans Kinn stößt. Du mußt dich langsam bewegen, mußt immer langsam gehen, gerade sitzen, gerade lehnen. Aber es gibt Stunden, da möchtest du dich verkriechen. Gar nicht so einfach, irgendwo einen Schlupfwinkel zu finden mit dem Leib, wo du dich verkriechen kannst, wie dir zumute ist.

AMPHINOMOS Die Fürstin könnte sich in eine entfernte Kammer zurückziehen, unerreichbar für die Rufe der Freier.

PENELOPE Dabei wispert's in mir, drinnen bin ich eine kleine, zarte Person. Draußen fällt Licht auf meine speckige Haut. Ich glänze wie eine schwitzende Stute. Drinnen kauere ich, schleiche wie ein Schatten auf der Mauer... Hat man aber einmal von mir den Koloß gesehen, so wird man nicht mehr nach dem zerbrechlichen Wesen fragen, das da drinnen lebt.

AMPHINOMOS Die Fürstin darf nicht erwarten, daß die Vorstellungskraft eines Menschen ausreicht, um gegen die Leibesfülle, die er vor Augen hat, anzukämpfen und sich ein Bild zu erschaffen von der mageren, der entbehrungsvollen, der wahren Fürstin. Allein die Hände. Die Finger sind zahlreich mit Ringen bestückt ...

PENELOPE Nur um von den feisten Klumpen selber abzulenken! Die Hände, du siehst es, liegen weit oben, knapp unterhalb der Leistengegend, ein wenig nach innen verdreht, liegen gleich vorn auf den Fleischkissen der Oberschenkel. Meist stehen die Ellbogen ein wenig ab, wenn ich mich aufstütze. Ich sehe dann aus wie eine Marktfrau, die mit dem richtigen Hintern auf dem richtigen Fleck sitzt. Doch die bin ich nicht.

Amphinomos! Befreie die Gefangene aus der Götzenstatur ihres Leibes! Durchschau, ich bitte, alles Stattliche, Große an mir! Befrei das zarte Geschöpf, dessen Rufe – elende, verzweifelte – du deutlich vernimmst aus der Tiefe dieses Kolosses!

Auf der Kante des Ölbaumbetts sitzen die Drei fragmentarischen Frauen. Von der einen leuchtet nur das Knie. Von der anderen nur das Handgelenk. Von der Dritten nur im ausgeschnittenen Kleid das linke Schlüsselbein.

AMPHINOMOS Das kann ich nicht.

HANDGELENK Sagte der ältliche Jüngling in seinem schneeweißen Leibrock.

AMPHINOMOS Außerdem

KNIE Fügte er hinzu und erhob sich von seinem Sitz

AMPHINOMOS Außerdem kann ich der Fürstin nicht folgen.

Der Leib, ich weiß nicht, was der Leib wirklich ist. Vielleicht werde ich es niemals herausfinden. Aber über eines hege ich keinen Zweifel: der Leib lügt nicht.

SCHLÜSSELBEIN Sie sah ihn verwundert an. Lange und ungerührt.

HANDGELENK So daß er sich nicht abwenden konnte.

KNIE Ihr Blick wirkte verschlossen und kalt, er schien aus einem Marmorauge auf ihn gerichtet.

HANDGELENK Doch sah er auf einmal zwei Tränen aus den starren Augäpfeln hervortreten, die an den verhältnismäßig feinen und rosigen, ausgesprochen n i e d l i c h e n Wimpern hängenblieben.

2

Die Drei fragmentarischen Frauen weiter im Vordergrund. Ohne Penelope und Amphinomos.

KNIE Niemand auf Ithaka ahnte zu diesem Zeitpunkt, daß Penelope ungeheuer fett geworden war.

HANDGELENK Es gab Gerüchte, ausgestreut von den treulosen Mägden, die den Freiern schmutzige Geschichten über ihre Herrin erzählten.

SCHLÜSSELBEIN Doch seit längerem war sie nicht mehr unter den Freiern erschienen. Nur ihr Schatten schlich hin und wieder durch die oberen Gemächer. Oder ihr Kopf, halbverdeckt von kupferroten Locken, erschien am dunklen Fenster, wenn sie der Versuchung erlag, heimlich das scheußliche Treiben der Jünglinge zu beobachten.

KNIE So mußt du dir's vorstellen: es ist Penelope die Kerze der Erwartung, unauslöschlich brennt sie bis auf den heutigen Tag. Herren aller Zeiten verkehren bei ihr, lagern im Hof und nisten in ihrem Palast. Die Freier sind Soldaten, sind Forscher, Händler und Philosophen, Staatsmänner und Sportler ... aber die Wiederkehr des Odysseus wischt alle Zeiten aus.

HANDGELENK Troja belagert, Penelope belagert. Aber die Freier am Hof von Ithaka sind alles andere als tapfere Krieger. Manche lassen sich an hohe Leitern binden, die bis an ihr Ehegemach reichen, und junge Mägde peitschen sie mit Strängen schmutziger Wäsche. Erst wenn die Königin am Fenster erscheint, erreichen sie den Höhepunkt ihrer Orgien. Andere sitzen bis aufs Dach hinauf, auf den Altanen und Speichern, überall haben sie sich eingenistet, trinken und speien und verstreuen ihren Unrat.

KNIE Ach? So soll es sein? Die freien gar nicht? Die wollen nur die Reine mit Kot bewerfen, wollen sie kränken und verhöhnen, die Erztreue, die sich an ihren Webstuhl fesseln ließ wie ihr Gemahl, der vielmals Untreue, an den Schiffsmast. Sie aber widersetzt sich den Sirenen des Schlamms und der Wollust.

SCHLÜSSELBEIN Noch ein wenig anders mußt du dir's vorstellen. Die Fürstin foltert ihre Reinheit mit dem Anblick der Gelage, die die Freier vor ihrem Fenster abhalten. Alles an ihr ist rein. Nur die Entbehrung selbst wird ihr zur finsteren Passion. War es nicht so, daß Telemach sie mit Gewalt daran hindern mußte, sich am Fenster zu zeigen?

3

Am Strand von Ithaka. Nebel. Odysseus in Hopliten-Rüstung zieht im Tuch Beuteschätze hinter sich her.

ODYSSEUS Wieder einmal: welches Land? Welches Volk? Wo bin ich? Ist es eine Insel? Oder die Küste vom Festland? Wohnen Wilde hier, Frevler oder gottesfürchtige Leute, die Fremden ein Gastrecht gewähren?
Wohin schlepp ich die Schätze, wohin schlepp ich mich selbst? Muß ich wieder wandern und irren? Wäre ich nur im Land der Phäaken geblieben! Wo verberge ich meine Beute? Ich kann sie nicht frei herumliegen lassen. Wahrhaftig, den Phäaken fehlte es an nichts, nur an Verstand und Sinn für die Welt. Haben sie mich doch geradewegs in ein falsches Land geschickt.
Wieder einmal! ... Zähle ich zuerst meine Güter. Sehe nach, ob nichts verloren oder gestohlen.
Athene, androgyne Lichtgestalt: weiße Bundhose, kurze bestickte und beschlagene Weste, kreideweiße Haut, schwarze Lippen, urinblonde Wuschellocken, geflügelte Sandalen, leuchtende Füße ... Sie tritt im Umhang eines Hirten, den Stab in der Hand, aus dem Nebel zu Odysseus.

ATHENE Wieder einmal: redet der Mann wie das rauschende Kielwasser. Jammert und gluckst, als hätte er nicht Schlachten gekämpft und Städte zerstört.
Du mußt ja aus großer Ferne herkommen,
aus dunkelster Fremde, daß du unter den Füßen
den berühmten Boden nicht wiedererkennst.

ODYSSEUS Gerne geb ich dir Auskunft. Du bist ja der erste, den ich begrüße, in einem Land, das ich nicht kenne.
Ich selbst bin gebürtig von Kreta, ein Kreter bin ich und stamme aus rühmlichem Haus. Doch erschlug ich daheim ohne Streit den Sohn des Herrschers Idomeneus, denn er

wollte mir an meine Güter, die Beute aus Troja, für die ich mein Leben gewagt in einem langen blutigen Krieg. Doch unterstand ich nicht seinem Vater und diente ihm nicht, sondern führte die eigenen Mannen und brauchte ihm nichts abzugeben. Eines Abends, als er durchs Feld strich, ergriff ich den Sohn und stieß ihm das Schwert durch die Kehle. Kurz darauf verließ ich heimlich das Land, mußte ich fliehen, ging's rasch auf die Fahrt. Ich heuerte an bei phönizischen Händlern, bot ihnen etwas von meiner Beute, worauf sie nämlich bestanden, denn die Phönizier sind auf der Welt die berühmtesten Beutelschneider –

ATHENE *legt ihm den Finger auf den Mund* Genug! ... Willst du im lieben Land deiner Kindheit das Lügen nicht lassen? Gewiß, du hast es hier auf den Weiden und Koppeln gelernt. Früh weckten dir Hirten die Lust an Schwindel und Truggeschichten. Wohl wissen wir beide, was gute Verstellung wert ist. Du unter den Menschen der Erste, wenn es gilt, täuschende Reden zu führen, gewandt wie im Zweikampf. Ich nun *sie läßt den Umhang von den Schultern gleiten* berühmt für planende Weitsicht und Vorteil bringendes Denken.

ODYSSEUS Mentor, geliebter! Bist du es, mein Freund? Erscheinst mir so jung, zart wie ein Knabe ...

ATHENE *schmiegt sich an ihn* Wie lange brauchst du noch, mein Krieger, bis du das Anwehen der Göttin bemerkst?

ODYSSEUS Pallas Athene ... ach, du spielst mit meiner Müdigkeit.

ATHENE Du seufzt meinen Namen? Obwohl ich dir hilfreich zur Seite stand, zuletzt bei den Phäaken. Die gaben nach meinem Willen und Einfluß diese Geschenke. Und jetzt bin ich da, um dir die Leiden zu nennen, die dir in deiner Heimat bevorstehen.

ODYSSEUS Schwer, du Hohe, dich gleich zu erkennen.
Du kannst dich in jeden verwandeln.
Sicher, damals vor Troja, da warst du mir nah,
solange wir kämpften. Aber als wir die Schiffe bestiegen,

da sah ich dich nicht mehr. Kann mich nicht erinnern,
daß du die Planken betratest, als ich die bitteren Leiden und
höchsten Gefahren der Irrfahrt durchstand.
Die mußte ich allein mit eignem Sinn
meistern, die Irrfahrt zur See.
Doch jetzt, Tochter des Zeus, beuge ich vor dir die wegmüden
Knie: denn ich fürchte, du schickst mich wieder einmal
in die unabsehbare Fremde.
Umnebelst meine Augen und verhöhnst mich,
dies hier sei Ithaka.

ATHENE Ich bin der Weitblick, ich habe klug es gelenkt.
Heimkehr solltest du finden, doch alle Gefährten verlieren. Das wußte ich von Anfang. Nur, draußen auf rastlosen Wogen, zugegeben, Poseidon bekämpfen, mußte ich mir versagen. Ich wollte nicht den Schwager mir zum Feind machen, der dich verfolgt mit unnachgiebigem Zorn, wie mir scheint: zu Recht, denn du hast seinen lieben Sohn, den Polyphem geblendet.
Komm, ich entdecke dir deine Heimat. Ich zeige dir Ithaka. Sieh und trau deinen Augen. *Der Nebel löst sich auf.* Dort der Hafen des Phorkys, dem Meergreis gewidmet ... erkennst du die Gegend? Getreide und Wein in unmäßiger Fülle, gesunde Weiden für Rinder und Ziegen. Wälder voll heiliger Quellen, die niemals versiegen.

ODYSSEUS Mein Land! Dies ist mein Land. Ich glaubte, niemals dürfte ich es wiedersehen. Ich im Land meiner Heimat, ich, Odysseus, der viele Qualen erduldete und selber viel Unrecht beging! Selig küsse ich den fruchtbaren Boden, den liebsten der Erde.

ATHENE Genug jetzt. Vielleicht ein anderer Irrfahrer, dem die glückliche Heimkehr gelang, wäre bestrebt, zuerst nach Frau und Kind im Hause zu sehen. Wie es um dein eigenes Weib steht, willst du lieber nicht fragen, um nicht in endlosen Jammer zu sinken.

ODYSSEUS Penelope?

ATHENE Wie fragst du? Hat dir die Lust auf dem Lager der Circe die Sinne benebelt, daß du am Namen der Gattin stotterst?

ODYSSEUS Penelope. Ich dachte es beinah. So steht mir das Unheil Agamemnons bevor und blutige Greueltat wie im Haus der Atriden.

ATHENE Drei Jahre und mehr schaltet und waltet in deinem Haus die Versammlung der Freier und bietet sich dar der klugen Gemahlin zur Auswahl. Junge Adlige sind es vom Festland, von Ithaka und anderen Inseln. Sie werben um die schöne ewig trauernde Fürstin und hoffen mit der Heirat dein Vaterland für sich zu gewinnen. Greuliches Interregnum. Du aber bist heimgekehrt und wirst es beenden.

ODYSSEUS Ich dachte, nun sei ich müde genug, von erschöpfender Reise geschwächt, und alles wäre glücklich beendet mit der Heimkehr. Die Zeit sei gekommen für seligen Schlaf und Zeit, mit Behagen zu plaudern von meinen Taten und Leiden.

ATHENE Nicht bevor sie befreit ist von ihrer üblen Umgebung, die hochherzige Frau. Die beständig im Haus blieb, wo ihr die Jahre der Jugend verrannen und unter Tränen unzählige Nächte ohne Liebe. Die Freier hielt sie mit List hin, daß bis heute keiner zum Ziel kam. Zeigte sich standhaft, doch biegsam. Versprach jedem ein wenig, doch keinem zuviel. Aber ihr richtiges Denken galt einem anderen.

ODYSSEUS Du Hohe, Göttin mit den Augen der Eule,
erwirk einen Plan, ich will ihn verrichten.
Stehst du mir bei, denk ich, die lüsternen Männer liegen schon bald in ihrem Blut und Gedärm auf dem Boden. Gerne schichte ich die Leichen dann auf, und wären es über dreihundert!

ATHENE Sorgsam müssen wir planen, wir beide.
Heimlich und unkenntlich gemacht, betrittst du dein Haus. Im Saal und in den Kammern darf nicht einer die Ankunft des Herrschers bemerken. Nicht einmal, bis zuletzt, die kluge Penelope darf es vermuten. Komm nun, ich muß dich verwan-

deln. Deine Reichtümer verbergen wir dann in der heiligen Grotte der Nymphen.

ODYSSEUS Dreihundert würde ich vernichten allein und jeden, der nur einmal mit stinkendem Atem den Namen der Gattin geflüstert.

Athene berührt ihn mit ihrem Stab, Rüstung und Kleidung des Odysseus werden an Drähten in die Luft gehoben. Bei der Verwandlung helfen die Drei fragmentarischen Frauen. Im Vordergrund erscheint mit dem Rücken zur Rampe Eumaios, auf dessen Hinterkopf Licht fällt. Kurzgeschorenes Haar mit einer kahlen runden Stelle, so groß wie ein Goldstück.

ATHENE Glatze und Greisenhaut leg ich dir zu, und deine hellen Augen werden nun träge ... einen zerrissenen Leibrock bekommst du, befleckt und verräuchert, das schmutzige Fell eines Hirschs, Stecken und Ranzen des Bettlers.

Dort steht Eumaios, der Sauhirt. Von ihm wirst du Neues erfahren aus dem Palast.

4

Odysseus als Bettler tritt zu Eumaios. Er spricht mit verstellter Stimme, ein Nuschler, der immer ein wenig zu laut und wie unter erhöhtem Druck artikuliert. Hundegebell.

EUMAIOS Jetzt hätten dich beinahe die Hunde zerrissen.
Zu meinem steten Kummer wäre noch dieses Unglück gekommen.
Ruh dich nun aus. Setz dich zu Tisch.

ODYSSEUS Gütig empfängst du den Fremden. Zeus und andere Götter mögen es dir verlohnen.
Sie setzen sich zu Tisch. Eumaios legt Reisig unter die Füße des Gastes, holt von seinem Herd die Reste eines gebratenen Ferkels, bestäubt es mit Mehl, mischt in einem Holznapf den Wein. Dann setzt er sich dazu und schustert an seinem aus Rindshaut geschnittenen Schuh.

EUMAIOS Jener, für den ich lebe, mein Herr, könnte sich jetzt ebenso sehnen nach einer Mahlzeit. Irgendwo auf der Welt, falls ihm die Sonne noch leuchtet. Falls er noch immer irrt durch fremde Völker und Städte.
Von Zeus kommt ihr ja alle, Bettler und Fremde, und nie werde ich solchen das Gastrecht versagen. Wenn auch die Gabe nur spärlich, so viel wie gerade vorhanden unter der Herrschaft von Herrscherlingen, die des wahren Gebietens nicht fähig. Mein Herr aber – und ein Herr, das wißt Ihr, ist ja ein Mensch, der seinen Diener in Obhut nimmt, der sorgt für sein Haus und die Habe und ihm Vorteile verschafft. Der ihm ein tüchtiges Weib zuführt und ihn mit fruchtbarem Acker versieht. So will es die Sitte in einem wohlgesetzlichen Königreich. Mein Herr, wäre er noch Herrscher von Ithaka, ich brauchte mich nicht um das Nötigste im Alter zu plagen.
Doch er ist uns verschollen. Wahrscheinlich haben ihm Hunde

und Vögel längst die Haut von den Knochen gefressen. Oder es fraßen ihn Fische im Meer. Oder seine Gebeine liegen verschüttet im Sand. So ist er zugrunde gegangen. Und uns bleibt nur ein stetig hoffend Gedächtnis.

Odysseus ißt gierig und still den Teller leer und leckt die Ränder ab.

EUMAIOS Mehr?

ODYSSEUS Mehr.

EUMAIOS *bringt Brot, Fleisch und Wein* Nichts unheilvoller als ein Haufen von Adligen ohne den Fürsten, der sie im Zaum hält. Jetzt regiert uns Genußsucht. Sport. Prahlerei. Faule Jünglinge, keiner vom Rang eines Königs, die Odysseus nur noch aus den Erzählungen ihrer Eltern kennen. Unter ihnen muß nun die Königin wählen. Jetzt murrt das Volk und drängt zur Entscheidung. Es will endlich regiert sein, egal auch von wem, nur daß Ordnung herrsche über Haus und Arbeit. Denn das Land unter den wartenden Freiern ist völlig verwahrlost. Sie selber am meisten. Verprassen in Unmengen die Güter des Landes. Tag und Nacht wird sinnlos geopfert, geschlachtet, wird immer gehurt und gezecht. Unruhe gibt es im Volk, jedermann fordert, daß endlich feste Gesetze die Willkür beenden. Sonst droht uns der Bürgerkrieg.

ODYSSEUS Wie, sagst du, hieß dein Einziggeliebter, der Herrscher, den du vermißt? Ich kam ja viel herum und habe in Kriegswirren so manchen König gekannt, der als Versehrter sich bettelnd durchschlug zur Heimat.

EUMAIOS Odysseus. Beim Nennen des Namens steigt mir das Rückenhaar auf, warm wird mir vor Ehrfurcht. So lieb ich ihn noch immer.

ODYSSEUS *prahlend* Freund, ich kann dich beruhigen.
Der ist längst auf der Heimfahrt.
Das sage ich dir und kann es beschwören:
Binnen Jahresfrist kehrt er zurück.
Jetzt hast du doch eine frohe Nachricht, die
als Lohn einen sauberen Rock, einen guten Mantel verdiente?

EUMAIOS Odysseus ist tot.

ODYSSEUS Bald kommt er wieder.

EUMAIOS Tot ist er! Trink!

Pilgerschaften von Fremden kamen schon auf die Insel und wußten vom König Berichte. Alles frei erfunden. Schwer, sollte man meinen, fast unmöglich, bei der oft getäuschten Herrin, der klugen Penelope, noch Glauben zu finden. Doch jeder kann ihr das Blaue vom Himmel erzählen. Er findet immer Gehör, wird freundlich bewirtet. Zumal jetzt, da ihr der einzige Sohn, Telemach, auch noch abhanden kam. Dem hat einer, Gott oder Mensch, das richtige Denken im Kopf verkehrt. Nach Pylos ist er gefahren, um den Vater zu suchen. Und die adligen Fresser, was tun sie heimlich? Schmieden den Mordplan, lauern ihm auf bei seiner Rückkehr.

ODYSSEUS Dem Sohn? ... Um den einzigen Sohn zu vernichten?

EUMAIOS Der Junge ist jetzt mein drängendster Kummer. Bild eines Gottes. Von Wuchs und Erscheinung ein Wunder von Mann. Auslöschen aber wollen sie das ganze Heldengeschlecht. Nichts mehr soll bleiben auf Ithaka, nichts vom Namen, vom Stamm des göttergleichen Arkeisios.

ODYSSEUS Morden ein Königsgeschlecht? Das käme sie teuer zu stehen.

EUMAIOS Sprechen wir von etwas anderem. Sprechen wir von dir. Wo kommst du her? Was suchst du auf Ithaka?

ODYSSEUS Nun, da kann ich dir eine wahre Geschichte erzählen. Gäb's noch mehr von dem erfreulichen Wein?

Ein Kreter bin ich und stamme von Kreta, der breiten Insel im weinfarbenen Meer. Mein Vater war Kastor, ein Sohn des Hylakos. Zwar meine Mutter war nur Geliebte bei ihm, doch erzog er mich wie einen seiner echten Söhne. So wuchs ich auf und ward bald ein tapferer Mann, auch wenn du jetzt kaum eine Faser von einem Kämpfer an mir entdeckst. Ist alles lange vorbei. Ich liebte den Kampf mit Wurfspieß und Pfeilen. Die Arbeit im Haus, das Wirtschaften selbst, lag mir weit weniger.

Schiffe aber, Waffen und Kriege, dafür bin ich geboren: feindliche Reihen zerhauen, alles, wovor es anderen graust, hat mich immer entzückt ...

5

Oberes Gemach der Penelope. Die Fürstin allein auf ihrem Sessel vor dem Ölbaumbett.

PENELOPE Ich kann nicht schlafen, Bett.
Ja, sperr deinen gierigen Rachen auf.
Zerreiß mich. Ja. Tu es. Zerreiß mich doch, du weiße Bestie.
Tausend Nächte, tausendmal der Schlaflosigkeit zum Fraß vorgeworfen ...
Streckbett. Foltergestell. Dolchstichkasten.
Was war das für ein Geräusch?
Ich habe das Haus schlecht über die Jahre gebracht. Das Haus wimmelt von Ungeziefer. Dicke Haufen, Klumpen von Käfern und Schaben ... Ich bin die Unordnung, ich bin die Vermehrung von Unrat, Fäulnis, Ungeziefer ... auf einen zertretenen Artgenossen kommen einhundert neue! ... *zum Bett* Unterbrich mich nicht, du ächzender Leichnam! ... *brüllt* Ich kann nicht schlafen!
Eurykleia betritt die Kammer.

PENELOPE Du bist es, Amme ... Ich hörte ein Geräusch.
Wo ist mein Sohn?

EURYKLEIA Ich hörte dein Gebrüll.
Du schläfst nicht mehr, du hörst durch dichte Schleier. Du schleppst dich hin und gehst nicht mehr den Gang der Herrin.

PENELOPE Ich höre sehr gut, wenn man nicht eintönig zu mir redet. Wenn Freier nicht zu mir sprechen, nur um ein weiteres Mal den müden Mund zu bewegen. Ich sehe nicht mehr gut ... sicher weil vor meinem Auge nichts Herrliches erscheint und ich die Männer im Saal schon lange nicht mehr unterscheiden kann.

EURYKLEIA Heimlich empfängst du den Amphinomos. Den ältlichen Jüngling, dem so langsam das Haar ausfällt, daß er es sein Lebtag nie zu einer prächtigen Kahlheit bringen wird.

Ich wundere mich, daß du ihn für seine lästerlichen Worte nicht bestrafen willst. Er hatte sich eine handfeste Beleidigung ausgedacht und rutschte auf seinem knöchernen Hintern unruhig hin und her, lauerte, wie er sie am unauffälligsten loswerden könnte! Schließlich nannte er dich eine lieblose Frau. Und noch dazu: du, die Lieblose, habest sie allesamt, die jungen Kerle, mit der Seuche der Lieblosigkeit angesteckt.

PENELOPE Ich hörte ihn reden. Er redete hübsch. Ich sah auf seinen Mund, und meine Gedanken schweiften ab. So hat er wirklich eine Beleidigung unter lauter gefällige Töne gemischt? Einmal wollte auch er mich kränken, ganz kurz, ganz schnell, kaum merklich. Welch ein Held!

EURYKLEIA Und du tust nichts?

PENELOPE Nichts, nein. Ich muß mich schonen. Das Ende kommt, das Ende naht.
Was ich weiß, Eurykleia, ist furchtbar. Ungemildert und stetig bekomm ich's zu wissen. Kein Mensch, keine Stunde, keine Kunst dämpft es. Kein Gott unterbricht es. Niemand vermag ohne wechselnde Gefühle zu leben. Wechsel des Jahres, Wechsel des Spiegelbilds, Wechsel der Launen, überall ist Unbeständigkeit. Nur mir, mir ist sie fortgenommen, alles Veränderliche ist mir geraubt wie Augenlicht, wie Stimme. Wo ist mein Sohn?

6

Auf dem Feld. Vor der Hütte des Eumaios.

EUMAIOS Gut und schön hast du erzählt. Aber das mit Odysseus hast du gelogen. Die Götter hassen meinen Herren. Sie ließen es zu, daß Sturmvögel seine Seele dahinrafften.
Ich weiß nicht, weshalb ich immer an Leute gerate, die mir Lügen erzählen über Odysseus. Neulich erst hat mich ein Mann aus Aitolien getäuscht. Ein Mörder übrigens auf der Flucht, dem ich freundlich Unterkunft bot. Was tut er? Erzählt von Odysseus.

ODYSSEUS Wo wir gerade dabei sind ... Der Wein macht, daß ich noch etwas Rührendes loswerden möchte ... Wir lagen also noch immer vor Troja, Menelaos, Odysseus und ich. Wir schliefen auf Binsen im feuchten Gelände. Es war eine böse Nacht, Frost gab's und Schnee. Da hatten nun alle Mäntel und Röcke und lagen bis zu den Schultern dicht eingepackt. Nur ich hatte den Mantel vergessen. Irgendein Schwachkopf hatte mir eingeredet, es genügte der Leibrock. Also stieß ich den schlafenden Odysseus an und sagte: ›Die Nacht überlebe ich nicht. Die Eiskälte rafft mich dahin. Hab meinen Mantel vergessen.‹ Da sagte der große Feldherr und Meister aller Listen: ›Bleib still, mein Junge. Ich mache das für dich.‹ Er richtete sich auf und rief in das Lager: ›He! Mir träumte soeben von furchtbarer Bedrängnis. Ich denke, einer von euch sollte schnell zu Agamemnon eilen und Verstärkung von den Schiffen verlangen für uns.‹
Na ja. Tatsächlich sprang Thoas auf und ließ seinen purpurnen Mantel fallen. Diensteifrig wie immer rannte er los zu den Schiffen. So konnte ich mich in seine Hülle betten und mich wärmen bis in den goldenen Morgen.

EUMAIOS Alter, ich verstehe dein Beispiel.
Du bekommst deinen Mantel und alles, was ein ehrlicher Vete-

ran sonst noch braucht, wenn er einkehrt bei uns. Freilich nur jetzt. Morgen trägst du deine Lumpen wieder ohne Übergewand.

Er richtet dem trunkenen Odysseus das Bett.

Odysseus Hört mich, Eumaios. Ich möchte euch nicht länger zur Last fallen. Morgen ziehe ich als Bettler in die Stadt. Dort finde ich immer Brot, einen Becher, den man mir reicht. Ich könnte auch im Palast der Königin fragen, ob noch Interesse besteht an Berichten aus Troja. Manches mag ihr noch unbekannt sein. Könnte mich auch bei den seltsamen Freiern verdingen. Die haben doch Unmengen zu essen. Nämlich, ich will mich nicht rühmen, nur daß du's weißt: ich bin ein Schützling des Hermes, der Anmut und viel Fertigkeit verleiht. Deshalb könnte ich wie kein zweiter im Haus der Königin Arbeit verrichten, Fleisch zerteilen, Holz spalten, Wein ausschenken ...

Eumaios Mein Gast, deine Gedanken sind mit Brot und Wein und Fleisch überladen. Träumen wirst du heut nacht vom üppigen Leben. Schnell wärst du im Kreis der Freier vernichtet. Die führen ein rücksichtsloses Leben in feinen Kleidern. Leute wie dich lassen sie gar nicht herein. Halt still und bleib hier. Trink auf meiner Bank deinen Wein. Jetzt kommen die unerträglichen Nächte. Der Winter wird bitter kalt. Zeit genug für Schlaf und Zeit, mit Behagen einander zuzuhören. Wir beide wollen hier essen und trinken, hier in der Hütte, und schwelgen in traurigen Gedanken an bessere Zeiten. In späteren Jahren schwelgt doch der Mensch im Gedenken und freut sich sogar des Jammers, den er vorzeiten erlitt.

II
Haushalt der Freier

I

In der Halle des Königspalastes. Die Freier auf Bänken, Hokkern, an Pfeiler gelehnt. Flötenspiel. Erotische Darbietung unter dem Fenster der Penelope.
Eine Magd in der Pose der archaischen Mädchenfigur, die als Opfertier einen Hasen unter dem Busen trägt. Zwischen dem Brustband und dem Rock, der die nackten Füße freigibt, entblößt sie den leicht vorgewölbten Bauch. Sie tanzt um eine brennende Kerze – ›die Kerze der Erwartung‹, Symbol der Penelope – und läßt sich mit gerafftem Rock über der Flamme nieder. Ein Karren, mit einer Plane überdeckt, wird von zwei Knechten hereingezogen. Unter dem Fenster des oberen Gemachs wird die Plane entfernt: ein Haufen ineinander verschlungener Paare. Plötzlich entsteht Unruhe unter den Zuschauern.
Medon, der Rufer (Herold), tritt zu Ktesippos, einem Freier, an den Tisch und macht ihm eine Meldung.
Zu gleicher Zeit sieht man am Fenster des oberen Gemachs die Schatten der Penelope und des Eumaios, der ihr berichtet.
Ktesippos geht an den Tisch des Elatos …

KTESIPPOS Telemach ist auf Ithaka gelandet.

ELATOS *tritt an den Tisch des Leiodes* Telemachs Schiff ist im Hafen eingelaufen.

LEIODES *tritt an den Tisch des Antinoos* Der Sohn des Königs ist auf dem Weg in den Palast.

EURYMACHOS Hört auf! Er ist ja schon da … mein kleiner Liebling. Das Muttersöhnchen. Schadlos hat er seine Reise beendet.
War's nicht unser Plan, ihn abzufangen auf See, ihn schnell zu erledigen, bevor ihn ein Gott heimführt zur Mutter?

ANTINOOS Wir lauerten ihm auf, wir schickten unsere schnellsten Schiffe aufs Meer. Er ist uns entwischt. Jetzt gilt es, in der Heimat für sein Verderben zu sorgen.

Eurymachos Solange er lebt, wird keiner von uns seine Mutter aus dem Haus schleppen. Vorsicht im übrigen! Er denkt jetzt selbst schon in Listen und Ränken.

Antinoos Jetzt noch zu zögern, bringt nur Gefahr. Das Volk wünscht uns nichts Gutes. Stetig haben wir an Gunst verloren. Niemand begreift, weshalb Männer nicht männlich genug sind, daß einer unter ihnen endlich die tropfende Kerze der Erwartung zu löschen vermöchte. Soviel nämlich hat die Königin mit ihrem tückischen Hinhalten erreicht: daß wir zwar viele freudige Stunden verleben am Hof des Odysseus, wie keiner zu Hause es könnte – doch die Leute im Volk sehen es nicht mit Vergnügen. Schwächlinge nennen sie uns, und niemand will die Lasten der Zwischenzeit länger ertragen. Ich rate zur Eile. Eh noch Telemach Volk auf dem Marktplatz versammelt und dort verkündet, wir hätten vergeblich seine Ermordung geplant. Wenn so etwas ruchbar wird, fürchte ich die übelsten Folgen. Außer Landes mindestens wird man uns jagen, wenn nicht Schlimmeres geschieht. Auf denn, Freunde, laßt uns ihn greifen!

Amphinomos Telemach ermorden? Freunde, dazu möchte ich nicht raten. Schrecken über Schrecken bringt es, wie jedermann weiß, einen vom Stamm der Könige niederzumachen. Es sei denn, die Götter selber geben das Jawort. Dann morde auch ich und befehle es anderen. Warnen die Götter, dann sage ich: laßt es!

Beifall der anderen.

Antinoos Wenn wir zuerst Orakel befragen, ist nichts mehr zu vereiteln. Dann ist es zu spät. Aber gut. Wenn ihr die Blutgeschichte nicht wollt, laßt ihn am Leben. Dann aber ist es auch besser, wir geben das Ganze hier auf. Verzichten auf die beratende Runde und die reichen Stunden der Freundschaft. Verwerfen den längst gefaßten Plan, durch geschickte Bündnisse die Macht des jungen Adels neu zu befestigen. Dann packen wir besser die Sachen und fahren nach Haus. Dort freit dann ein jeder die Schwester des Nachbarn.

Aus einem hinteren Portal fährt sehr rasch ein Laufsteg in die Versammlung der Männer. Die Drei fragmentarischen Frauen umgeben, unruhig sich wendend wie Leibwächterinnen, untereinander den Platz tauschend, die Königin, die ebenfalls eilig schreitet.

PENELOPE Was willst du? Bist du von Sinnen? Stiftest zum Mord an? Hör ich recht? Willst meinen Sohn vernichten und seine Mutter in dein Bett locken? Ja, dich meine ich, du Memme. Versteck dich nicht, närrische Motte. Ich weiß, die Männer hier hören auf dich. Giltst für den Klügsten im Rat. Zu Unrecht. Ein Lästermaul bist du. Wiegst als Mann nicht mehr als ein Wachtelei auf. Du willst meinen Sohn ermorden? Eher schneid ich dir eigenhändig das verwachsene Gehänge vom Leib und stopf es in deinen ungewaschenen Hintern! Dir zeig ich's, Antinoos, du klebriger Schlauch, dir gerade ziemt es zu hetzen! ... Hast du vergessen, daß dein Vater einst herkam als Flüchtling? Davongerannt ist er vor seinem Volk. Die wollten ihn nämlich in Stücke reißen, seine Thesproter, unsere Verbündeten. Mein Odysseus hielt sie zurück. Und du? Nistest dich ein und praßt im Haus eines Helden, schleichst nach seinem Weib und willst sein Königsgeschlecht ausrotten. Laß es sein! Gib auf den Mordplan und die finsteren Absprachen! Dir befehl ich's. Befiehl du es den anderen.

EURYMACHOS Gescheite, geliebte Penelope! Laß dich beruhigen. Weder gibt es den Mann noch wird es ihn geben, er kommt nie auf die Welt, der deinem Sohn Telemach nur ein Härchen krümmt. Nicht solange ich mit offenen Augen auf dieser Erde wandle. Oh, ich weiß noch, wie mich, den zarten Knaben, der große Städtezerstörer, Odysseus, auf seine Knie gehoben und mir den Braten ins Händchen gab. Darum allein ist mir Telemach unter allen Männern der liebste. Kein Freier wird sich an ihm vergreifen. Nur ein Gott könnte ihm schaden.

PENELOPE Was gebe ich auf die Treueschwüre einer Puderquaste? Belüg dich selbst, du Schwätzer.

Penelope entfernt sich auf dem zurückfahrenden Laufsteg.

AMPHIMEDON Welch scheußliches Bild! Wie breit, Götter im Himmel, wie breit diese Hüfte! Welch harte Prüfung war diese Erscheinung!

ELATOS So kann meine künftige Herrin nicht aussehen. Nicht meine! Das war nicht Penelope.

AMPHINOMOS Jedermann wußte, daß sie im letzten Jahr beträchtlich zugenommen hat.

MEHRERE FREIER Ich nicht.

AMPHINOMOS Es gab genügend Gerüchte. Die Mägde beklagten es oft, daß die Königin in ihrer unnatürlichen Enthaltsamkeit allmählich verwahrlost.

KTESIPPOS Enthaltsamkeit? Mir scheint, ein unflätiger Dämon hat sie nächtens beritten.

EURYADES ›Oh dies zerstörte Inbild eines edlen Weibs! Welch eine grundverderbte Keuschheit!‹ ... Freunde, nicht diese heuchlerischen Töne! Ihr saht ja eben nur das Weib, das ihr in brünstigen Räuschen immer sehen wolltet, 'ne Herrscherin mit göttlich fettem Hinterteil und unflätiger Zunge, die Königin der Unzucht und der Fleischespracht, ein feistes Bruststück hier, 'nen runden Schenkel dort, die Teile habt ihr oft genug an eurem Spieß gedreht.

AMPHIMEDON Euryades, wie bekannt, gibt jungem Muskelfleisch den Vorzug. Er wird zuerst den Telemach und dann den Thron besteigen.

DEMOPTOLEMOS Euryades vermählt sich der Penelope und bittet um die Hand des Telemach.

EURYADES Ich bin ein Freund des Königshauses! Von Kindesbeinen an. Ich sehe auch heute noch die Königin so edel, wie sie ist. Ich sehe sie aus Ehrfurcht, Liebe, Herrschertreue. Und nicht aus Völlerei und Lüsternheit: ein unförmig ekliges Schmergebilde. Ich verbitte mir das ehrverletzende Gespött.

2

Leere Halle am Morgen. Telemach sitzt auf seinem geöffneten Reisekorb. Die Geschenke aus Pylos betrachtend, das Gewand der Helena, den Mischkrug des Menelaos etc. Im Hintergrund öffnet sich das große Tor. Im Frühlicht erscheint Odysseus in prunkvoller Rüstung.

TELEMACH Bist du ein Gott? Sei mir dann gnädig. Strafe mich nicht! Ich bringe dir Opfer, wie es dir gebührt.

1 ODYSSEUS Nein, Telemach. Dir vor Augen steht dein lieber Vater. Halte dich nicht auf mit Staunen und Fragen. Ein anderer Odysseus wird dir niemals begegnen. Hier, wie ich bin, kehre ich nach endlosen Leiden und ewiger Irrfahrt im zwanzigsten Jahr zurück in die Heimat.

TELEMACH Und ich staune dennoch ... Ich glaube, mich blendet ein Trugbild.

ODYSSEUS Du staunst. Ich sehe es. Dein Gesicht glänzt nicht vor Freude. Vielleicht hattest du nicht mehr gehofft, den Vater wiederzusehen.

TELEMACH Ich komme von Pylos, eben erst in der Morgenkälte kehre ich von einer langen vergeblichen Reise zurück. Ich frage die Atriden, die alten Gefährten, ruhlos suche ich nach Kunde von dir, um endlich Gewißheit zu haben ...

ODYSSEUS Daß ihn die Fische gefressen haben, den Vater?

TELEMACH Und selber mußte ich fürchten, mein Leben zu verlieren, auf der Suche nach dir.

ODYSSEUS Denn selber bist du nun ein Mann und selber wärst du gern Herrscher auf Ithaka ... Man sagt, du rufst schon selber die Volksversammlung ein auf dem Marktplatz?

2 TELEMACH Alles, alles ließe ich sein, wärst du nur hier! Wärst du nur bei uns und zerschlügst mit deiner Kraft den Knoten unmöglicher Entscheidungen ... Ich bin jetzt alt genug, ich habe die Pflicht, mein Haus in Ordnung zu halten –

→ nicht Wunsch !!

Odysseus Mein Haus.

Telemach In Kürze erzwinge ich die Entscheidung. Chaos und Zuchtlosigkeit verderben das Land. Trifft die Mutter nicht endlich die Wahl, so schicke ich sie zurück zu ihrem Vater Ikarios. Bei ihm mag werben um seine Tochter wer will. O Götter im breiten Himmel! Ich müßte die eigene Mutter verjagen aus dem Königspalast? Ohne dich – ohne zu wissen, ob du lebst oder nicht, ist hier bald jeder Schritt ein verkehrter.

Odysseus Du bist Telemach. Mein kleiner Sohn. Ein Mann, der mich erschlagen könnte …

Telemach Du erscheinst mir so herrlich und prunkvoll, wie ich dich aus meinen Träumen nicht kenne. Ich möchte deine Rüstung einmal berühren.

Er nähert sich dem Odysseus, der ihn plötzlich heftig in die Arme schließt und weint.

Odysseus Mein Licht! Mein liebes Kind!

Telemach Wenn du mein Vater bist, Liebster, sag mir doch: wie ging es zu auf dem Schiff, als deine Leute dich banden – warum banden sie dich fest an den Mast? Ich hörte so oft die gewaltige Geschichte, ich rätselte, solange ich aufwuchs.

Odysseus Ja, mein Sohn, da kann ich dir eine wahre Geschichte erzählen …

»Denn wie geflügelt entschwebte, vom freundlichen Winde getrieben,/ Unser gerüstetes Schiff zu der Insel der beiden Sirenen./ Plötzlich ruhte der Wind; von heiterer Bläue des Himmels/ Glänzte die stille See; ein Himmlischer senkte die Wasser./ Meine Gefährten banden mich jetzt an Händen und Füßen/ Aufrecht stand ich am Maste, da schallten schon Rufe von fern/ Und die Sirenen begannen, sie lockten mit hellen Gesängen: ›Hierher, Odysseus, Ruhm aller Welt, du Stolz der Achaier!/ Lenke dein Schiff ans Land und horche unserer Stimme./ Denn hier steuerte noch keiner im schwarzen Schiffe vorüber,/ Eh er dem süßen Gesang aus unserem Munde gelauschet …‹«

Telemach Große Worte rufst du mir ins Gedächtnis. Und immer staune ich noch … Mein Vater, du kommst ja aus anderen Welten.

ODYSSEUS Wie du mich siehst, bin ich willfährig ein Kunststück der mächtigen Tochter des Zeus, der auf Beute und Blut und Rache versessenen Pallas Athene. Sie vermag es und macht nach Belieben aus mir bald einen Greis, der auf der Schwelle bettelt, bald einen kampfesfreudigen Mann in schöner Bekleidung. Vor dir stehe ich im Auftrag der Göttin.
Vater und Sohn hat sie vereint und befiehlt uns, die Ermordung der Freier zu planen.

TELEMACH Vater, ich weiß von deiner List und deiner Klugheit im Rat, auch von der ungeheuren Faustkraft im Speerkampf – aber die Freier, es sind doch viel mehr, als du glaubst. Zwei Männer können sie niemals besiegen.

ODYSSEUS Höre, mein Lieber, auf einen kriegserfahrenen Mann und was die hohe Beraterin mir in den Sinn gab.
Zuerst, mein Sohn, beachte das eine: niemand darf wissen, daß Odysseus wieder zu Haus ist. Keiner am Hof, nicht mein alter Vater Laertes, draußen auf dem Feld, und auch nicht deine Mutter, die kluge Penelope. Bis zum Tag der Vergeltung müssen wir, du und ich, alles in geheimer Absprache behandeln.
Sie entfernen sich langsam in den Hintergrund.
Als nächstes gilt es zu prüfen, wer vom Gesinde uns noch ehrt in seinem Herzen. Wer uns die Treue bewahrte, den werden wir schonen …

ATHENE *erscheint neben dem offenen Reisekorb* Zeit ist's, ihr beiden. Zur rechten Stunde schickte ich Vater und Sohn nach Haus. Jetzt dränge ich beide zum Kampf. Richtet euch ein, Tod und Vernichtung in den Palast zu bringen. Ich selbst, sobald das Getümmel beginnt, werde nicht fern von euch sein. Schont euch nicht, ihr mutigen Aufhalter der Zeit, ihr herrlichen Wiederbringer der Heldentage! Möchte euer Werk lieber heute als morgen vollendet sein.

3

Dieselbe Halle im Palast. Auf einer Bank nebeneinander die Drei fragmentarischen Frauen. Sie erzählen die »Argos«-Episode. Odysseus erscheint in Gestalt des Bettlers und setzt sich auf die Schwelle zum Hof. Im Hintergrund schlägt der Sänger Phemios seine Leier.

HANDGELENK Da erhob ein Hund auf dem Lager sein Haupt und spitzte die Ohren. Argos war es, den der Jäger Odysseus einst selber erzog.

KNIE Solange aber sein Herr in der Ferne weilte, lag er verachtet auf dem Mist, umgeben vom Abfall der Feste, verlaust und verdreckt.

SCHLÜSSELBEIN Da nun endlich Odysseus herannahte, in Lumpen gehüllt wie ein Bettler, erkannte ihn Argos durch die Verkleidung. Wedelte mit dem Schwanz und senkte die Ohren.

HANDGELENK Doch war er zu schwach, um aufzuspringen und seinen Herrn zu begrüßen. Odysseus sah es und blickte beiseite. Er trocknete heimlich die Tränen.

KNIE Eilig ging er voran, betrat den Saal der übermütigen Freier. Argos aber umhüllte der schwarze Schatten des Todes, da er im zwanzigsten Jahr seinen Herrn wiedergesehen.

Der Saal füllt sich mit Freiern, Dienern und Mägden. Auf einer Platte wird Wein gemischt und Fleisch zerteilt.

Die Freier sitzen jeder für sich an einem kleinen Tisch. Sie machen sich auf Wachstäfelchen Notizen für eine politische Aussprache.

AGELÁOS Ich werde beantragen: die Versammlung der Gaufürsten wählt unter Gleichberechtigten den Besten zum König.

LEIOKRITOS Ich werde verlangen: der Sklavenhandel dient dem gemeinsamen Interesse aller Verbündeten. Fernhandel und Schiffahrt werden gefördert. Hier liegt der Schatz des neuen

Reichs. Zum Schutz der Meere müssen eine Reihe von militärischen Anstrengungen unternommen werden.

ELATOS Ich werde sagen: daß wir irdisch sind, allzu irdisch vielleicht, doch nicht an Erdkräfte gefesselt. Das werde ich sagen.

AGELÁOS Drittens: der König ist abhängig von den Weisungen der Adelsversammlung.

Viertens: keinem Gaufürsten ist es gestattet, in die inneren Angelegenheiten eines anderen Gaus einzugreifen ... Läßt sich das durchführen?

AMPHIMEDON Ich werde sagen: Feste, die mit den alten Kulten verbunden sind, werden verboten. Feste dienen der Wohlfahrt des Volks. Speise- und Trankopfer sind auf ein bescheidenes Maß zu beschränken.

ANTINOOS Ich werde folgendermaßen beginnen: Ziel aller Beschlüsse unserer Versammlung sind Wohlfahrt und Friede unserer Völker. So fange ich an.

ELATOS Ich werde sagen: das Göttliche liegt in unendlicher Zerkleinerung über all unsere Köpfe verstreut. Das werde ich sagen.

LEIOKRITOS Hauptfeind unserer Handelsgemeinschaft ist und bleibt der Phönizier. In all seinen abscheulichen Erscheinungsformen. Der Phönizier gilt uns als Verkörperung von Charakterlosigkeit und skrupelloser Gewinnsucht. Der Phönizier muß grundsätzlich bekämpft werden. Sitte und Brauchtum unserer Völker sind dem Phönizier fremd.

Telemach taucht im Hintergrund auf und gibt Eumaios ein Körbchen mit Fleisch und Brot.

TELEMACH Bring dies dem Fremden dort auf der Schwelle ... sag ihm: er soll sich nicht zieren, sondern endlich zu betteln beginnen. Jedem Freier soll er die offene Hand hinstrecken. Ist er ein Bettler, so hat er zu betteln.

Eumaios bringt das Körbchen zu Odysseus.

EUMAIOS Dies läßt dir bringen der großmütige Sohn des Odysseus, Bild eines Gottes. Du sollst, sagt er, nicht schüchtern kauern am Rand. Sonst fragen sich alle, was für ein Bettler das ist, der sich geniert, vor den üppigen Freiern die Hand auszustrecken.

ODYSSEUS Dank sei dem Telemach, Sohn des leidgeprüften Odysseus. Seine geheimsten Wünsche mögen ihm die Götter erfüllen.

ANTINOOS Tüchtig bist du, Sauhirt, gutherziger Einfaltspinsel. Schaffst uns immer neue Gäste herbei aus der Stadt. Gern begrüßen wir Fremde im Haus. Doch nicht immer nur solche, die uns zur Last fallen. Warum nicht mal ein nützlicher Fremder von irgendwoher, ein Mann des Gewerbes, ein Meister im Zimmern, ein Arzt für unsere zahlreichen Gebrechen, ein herrlicher Sänger aus Zypern oder Ägypten, vielleicht auch ein begnadeter Seher, der schon den neuerwählten Gemahl der Penelope kennt?

TELEMACH *ruft von der Brüstung der oberen Gemächer* Ruhig, Sauhirt, spar dir die Worte, um dem zu erwidern. Antinoos liebt es zu stänkern und will sich erregen. Sein Blut braucht einmal am Tag den Aufstieg des Grimms. Du, Antinoos, sorgst wie ein Vater für mich. Schonst die Güter des Hauses und bewachst eine strenge Wirtschaft. O ja. Du eitler Prasser, gib ab! Nimmst dir ja selber aus fremden Beständen.

Odysseus geht reihum und läßt sich Brot und Fleisch in den Sack tun.

ANTINOOS Ah, Telemach zurück von den Atriden! Sei uns gegrüßt. Wie freuen wir uns, dich wohlbehalten heimgekehrt zu sehen, und noch um einen Hahnenschritt erwachsener!

TELEMACH Gib ab! Da ich hier im Haus befehle, brauchst du niemanden um Erlaubnis zu fragen. Ich zähl's dir nicht vor.

ANTINOOS Mutig gefaucht, ungeheuer mutig, mein Löwenjunges! Hat dir Helena den Rücken gestärkt, daß du so aufrecht dein Männlein stehst? Was du nicht sagst! Wenn ihm alle so viel gäben wie ich, dann brauchte er drei Monate, um es zu verschlingen – doch draußen, bitte, damit der häßliche Fresser uns anderen nicht den Appetit verschlägt ... Du weißt, Bettler, wie wir hier denken: das Häßliche an sich ist schon vernichtenswert.

5 Traum des Odysseus

ODYSSEUS Du bist doch der, den die Leute von Ithaka ansehen als den würdigen Nachfolger des Odysseus. Den bei weitem adligsten unter den Freiern. Und sicher: du gleichst einem König. Man sieht es. Deshalb mußt du mir auch etwas Besseres geben als alle anderen. Ich erzähle dir dafür einen Traum, den mir ein Gott aus einer Zeit, die unbekannt noch in den Sternen steht, in den Schlaf goß.

Ich sah nämlich ein furchtbares Fest, gegeben dem falschen König zu Ehren. Aufrecht stand der Herr Verbrecher inmitten der tafelnden Runde. Um ihn saßen gedrängt, ineinandergeschlungen umhüllte Gestalten, Unglücksvögel jeglicher Sorte. Der Herr Blutsauger aber ragte empor mit bleichem Gesicht, schwaches Licht befiel ihn von oben: er trug eine Leichnamshaut, wie aus dem Grabe entstiegen. Die Haare lagen fettig und glatt, zur Seite gestrichen, die Augen quollen unter den düsteren Brauen. Es umgab ihn erstarrtes Menschengewoge. Die in Tücher Gehüllten lagen wie graues erstorbenes Meer um seine Hüfte. Da aber sank er, der Aufragende, sank langsam, erzlangsam unter die Menschen, und das Wasser aus Menschen verschlang ihn. Dann folgten in meinem Traum viele verzerrte Gebilde, grobes Geflimmere. Masken mit blutenden Mündern flohen unter Geschrei durch den Saal. Den falschen Gefolgsleuten des falschen Königs waren sie angewachsen auf ihrem Gesicht. Gewaltsam kratzten sie blutige Fetzen von ihrer Haut, sie schnitten die beißende Larve aus ihrem Fleisch. Einige wären unter ihrem falschen Gesicht beinah erstickt, als sie sich übten, ohne jeglichen Herrscher in ihrer Mitte untereinander gerecht und versöhnlich zu sein. So geht es ja nächtens dem Menschen: durch zweierlei Tor treibt ihn der mächtige Schlaf: Heimfahrt oder Verbannung. Schickt ihn hinaus in Chaos und Wüste. Oder zurück in ein schwerelos richtiges Leben ...

ANTINOOS Und wer schickt uns dieses üble Gespenst zur Störung der Mahlzeit? Stell dich dort in die Mitte, du Kobold. Halt Abstand vom Tisch. Du bist der frechste Almosenfänger, der mir je in die Quere kam. Billig wird den anderen ihr Mitleid, sie verschenken, was ihnen nicht gehört. Von mir kriegst du nichts.

ODYSSEUS Was? Nichts? Sieht aus wie ein König und geizt wie ein Gerber. Vom Eignen bekäm sein Verwalter nicht mal ein Salzkorn. Dafür völlt er selber im Unmaß. Setzt sich an fremder Häuser Tische, ohne daß man ihn einlud.

ANTINOOS Ich dachte mir schon: du würdest deinen Abgang hier aus dem Saal nicht in derselben Schönheit vollziehen, mit der du hereintratst!

Er wirft einen Schemel nach Odysseus. Er trifft auf seine Schulter.

ODYSSEUS Ist nur der Magen, dieser leere, greulich gehöhlte, verwünschte, der mir so viel Ärger einbringt. Er ist schuld, der grollende Magen, daß sich der Anführer der Freier so stürmisch vergaß. Ich meine: wenn es Erinyen gibt, die auch den Bettlern beistehen, dann wird es dich treffen, Antinoos, noch vor der Hochzeit findest du Tod und Verrecken.

ANTINOOS Halt's Maul! Du ausländische Mißgeburt! Iß jetzt und schweig. Setz dich oder verzieh dich. Sonst, fürchte ich, werden die Jungen im Haus dich ergreifen und dir die Glieder zerreißen.

AGELÁOS Übernimm dich nicht, Antinoos. Dieser Wurf auf den darbenden Mann war eine Schandtat. Was wenn er ein Gott, ein Himmlischer wäre? Götter gehen oft durch unsere Städte, in unverhoffter Gestalt, sehen aus wie lausige Fremde vom Ausland und prüfen geheim, wer sich des Hochmuts, wer sich gerechter Sitte befleißigt.

Im Fenster des oberen Gemachs: Penelope und Eumaios.

PENELOPE Sauhirt, hol mir den Fremden, den man mißhandelt. Der, wie du sagst, Geschichten erzählt, als habe er Odysseus mit eigenen Augen gesehen.

EUMAIOS Und wie er Geschichten erzählt! Er wird dir das Herz bezaubern. Drei volle Tage hielt ich ihn fest in meiner Hütte. Doch ist er nicht fertig geworden, all seine Fahrt zu berichten.

Wie man einem Sänger lauscht, der gottbegnadet Lieder der Sehnsucht singt oder von uralter Zeit, so wirst du nie müde von seinen Worten.

PENELOPE Dort unten entsteht der übliche Lärm. Schon ihre Diener trinken am Morgen vom Wein des Odysseus. Ach, schritte er jetzt – jetzt, da ich's denke – geradezu durch das Tor –

Im Saal unten niest Telemach kräftig. Ein großes Lachen der Penelope schallt durch das Haus. Odysseus erhebt sich und lauscht, ebenso einige Freier.

Hörst du, wie der Sohn meine Worte beniest?

Am Ende wird noch ein fetteres Fest als meine Hochzeit sämtlichen Freiern bevorstehen, bei dem nicht nur Rinder und Schweine geschlachtet werden?!

Geh und ruf den Fremden zu mir. Ich will ihn selber hören.

Medon, der Rufer und Mundschenk, sitzt auf einem Schemel neben dem Tisch des Euryades und befragt ihn, indem er die Antwort mit Kreuzen auf einer Schreibrolle verzeichnet.

MEDON Wenn du dich entscheiden müßtest, sagen wir, du müßtest dich entscheiden zwischen zwei Lustbarkeiten: Kugelspiel oder Pferderennen –

EURYADES Pferderennen.

MEDON Gut. Dann frage ich weiter: ein ungesatteltes Pferd steht vor deiner Haustür. Offensichtlich steht es da, um dich zu einem bestimmten Ort zu bringen. Du ahnst vielleicht, zu welchem. Du stehst also vor der Wahl, aufzusitzen oder abzulehnen.

EURYADES Ich bin mit Pferden groß geworden.

MEDON Sicherlich. Aber jetzt. Was würdest du jetzt tun?

EURYADES Wahrscheinlich ... ich würde es unter Umständen möglicherweise nicht schaffen. Ohne Sattel.

MEDON Gut. Du würdest das Angebot also ablehnen.

EURYADES Ablehnen, nicht direkt. Verzichten, ich müßte verzichten, ja. Das ist das richtige Wort. Ich müßte dem Pferd die Botschaft mit auf den Weg geben: ich muß auf all mein Glück verzichten. Eine wundersame Begegnung. Ein glänzender Hof.

Ein bildschöner junger Herr, Tage im späten Sommer, Ausritte mit ... ihm.

MEDON Gut. Anders gefragt: du hast vor dir ein frischgebackenes Stück Brot. Du beißt in das frische Brot. Du stößt mit den Zähnen auf ein Stück Metall, irgend etwas, ein Nagel, eine Münze, eine abgebrochene Messerspitze, ist in den Teig gefallen, ist mitgebacken worden, kommt ja vor, aber du – was wirst du tun? Du spuckst aus. Sicher. Aber dann: A) du wirfst das ganze Brot in den Abfall. B) du schneidest lediglich die vordere Hälfte ab, in der sich der Fremdkörper befand. C) du stellst das Frühstücken ein.

EURYADES Ich würde sofort aufhören zu frühstücken. Ich würde überhaupt nichts mehr essen, mindestens drei Tage lang nicht. Da hast du etwas erwischt, das gehört für mich zu den abscheulichsten Dingen im Leben: ein Fremdkörper im Mund. Ich weiß gar nicht, wie du darauf kommst? Das hast du dir doch nicht einfach so ausgedacht?

MEDON Das glaube ich dir nicht.

EURYADES Was?

MEDON Ich glaube dir nicht, daß du drei volle Tage lang nichts essen würdest, bloß weil du auf einen Nagel gebissen hättest.

EURYADES Das kann ich dir aber versichern. Drei Tage lang, mindestens.

MEDON Na schön. Das kriegen wir noch heraus, ob es sich so verhält. Das frage ich schon aus dir heraus, ob du die Wahrheit sagst oder nicht.

Iros, ein anderer Bettler, ein Mann von Riesenwuchs, betritt den Saal und scheucht Odysseus von der Schwelle.

IROS Scher dich weg von der Schwelle. Ausländer und Lump. Platz da! Sonst zertrete ich dir das Schienbein.

ODYSSEUS Habe ich dich angesprochen, du Monstrum? Also halt's Maul. Schwelle ist hier genug für uns beide, Fettkloß.

IROS Merkst du nicht, du kahle Wanze, wie die Herren im Saal mir blinzelnd befehlen, ich sollte dich fortzerren an deinen stinkenden Ohren?

ODYSSEUS Du scheinst mir ein Schmarotzer der Schmarotzer, grad so wie ich. Wir könnten vom Wohlstand der Räuber uns beide friedlich ernähren.

IROS Lieber zerquetsche ich den eitrigen Mitesser.

ODYSSEUS Schone meine Galle, mach mich nicht scharf. Reiz mich nicht zu handfesten Antworten. Alt bin ich zwar und viel in der Fremde herumgeirrt. Aber wenn's sein muß, zerkleinere ich dir Brust und Rippen zu Hundefutter. Vielleicht, warum nicht? Dann hätte ich ab morgen hier meine gediegene Ruhe.

IROS Was denn?! Ein Köter von Zypern kläfft in unserer Sprache und schlemmt von unseren Speisen? Dieser Wildsau, die unsere Felder zerwühlt, stoß ich den Kiefer aus dem Rachen. Ich laß mir von Schweinen und Kötern nicht meine Muttersprache verhöhnen! Los, zieh deine Lumpen aus.

ANTINOOS Freunde! Ein neues Vergnügen bereitet sich vor! Seht nur, unser Gast und Iros gerieten in Streit. Sie wollen sich messen im Faustkampf. Hetzt noch ein bißchen, feuert sie an.

Die Freier gruppieren sich um die beiden Bettler. Eumaios tritt zu Odysseus.

EUMAIOS Fremder, es ruft dich die Herrin. Penelope, Mutter des Telemach. Es drängt sie, Berichte von ihrem Gatten zu hören, dem edlen Odysseus. Und wenn du nicht flunkerst bei allem, was du erzählst, wird sie dir Kleider, Leibrock und Mantel geben, was du vor allem brauchst.

ODYSSEUS Eumaios, gern will ich der klugen Herrin alles erzählen. Aber jetzt kommst du ungelegen. Ich fürchte, der Haufen der schwierigen Freier setzt mir noch zu. Was hier an Gewalt und Frevel geschieht, stinkt ja gen Himmel. Keiner hat mich eben beschützt, als Antinoos den Schemel nach mir warf. Telemach nicht und kein anderer Mann. Sage der klugen Penelope, ich sei noch verhindert durch Händel. Bis zum Abend möge sie warten und dann im Saal, wenn alle gegangen, mich treffen.

Eumaios ab.

Antinoos Noch etwas! Ich ordne den Kampf und setze den Preis aus. Hier auf dem Feuer liegen zwei Ziegenmägen, wie wir sie öfter mit Blut und Fett gestopft am Abend verzehren. Wer von euch beiden den anderen besiegt, der wählt sich selbst einen Magen. Er darf mit uns speisen, und keinen anderen Bettler lassen wir künftig herein.

Odysseus Werte Versammlung, Männer von Ithaka! Ihr braucht nicht zu hetzen. Es ist schon mein Magen, der fürchterlich leere, der treibt mich und setzt mich in Wut, der hetzt mich von innen. Nun wird er von außen geschlagen. Einen alten leiddurchdrungenen Mann wollt ihr kämpfen sehen mit einem törichten Riesen? Ein übles Vergnügen! Nur eines müßt ihr mir schwören: keiner begünstige diesen Koloß, und daß mich nicht einer seitwärts mit wuchtigen Fäusten zusätzlich schlage!

Telemach Ich bin der Wirt und erkläre dir, Fremdling: kein anderer wird dich behindern, wenn du dich gegen Iros zur Wehr setzt. Ich bin der Wirt und hier sind zwei Könige meine Gäste, die legen ihr Wort ein für einen rechtmäßigen Kampf.

Odysseus Dann also. Muß es wohl sein. Wuchtige Arme hat das Ungetüm. Frische und speckige Glieder. Breite Schultern dazu, flinke Knie. Au, au. Schlimm für mich.

Im Fenster des oberen Gemachs: Penelope und Eumaios.

Penelope Was? Du bringst ihn nicht her? Was denkt sich der Kerl? Fürchtet sich? Schämt sich? Ist er kein Mann? Ein schamhafter, furchtsamer Bettler, der wär mir der rechte!

Während Odysseus sich neben der Säule der Schwelle entkleidet, erscheint Athene und berührt mit ihrem Speer seine Lenden, die er mit seinen Lumpen umgürtet. Wenn er entblößt wieder unter die Freier tritt, geht ein Raunen über den makellosen Körper durch die Versammlung.

Eurymachos Welch einen Hintern zeigt uns der Alte da unter den Lumpen!

Iros Nein. Ein Greis mit den Schenkeln eines Athleten. Das ist widernatürlich. Das geht mich nichts an.

ANTINOOS Bleib da, du Memme. Wenn der andere siegt, dann laß ich dich in eine Totenbarke werfen. Fort kommst du aufs Festland, zum wilden König Echetos, dem Menschenschinder, der schneidet dir Ohr und Gemächt vom schwabbligen Leib.

Mit Geschrei stürzt sich Iros auf den Odysseus, springt ihm mit beiden Füßen in die Hüfte. Der aber steht ungerührt und wankt nicht. Mit erhobenen Händen gehen sie aufeinander los. Iros trifft Odysseus zwischen Hals und Schulter, so daß er sich einmal um die eigene Achse dreht. Mit großer Wucht schleudert er darauf die gefalteten Hände gegen das linke Ohr des Iros. Diesem stürzen Blut und Kieferteile aus dem Mund. Odysseus bringt ihn zu Fall, renkt seinen Arm auf den Rücken und drückt seinen Kopf in den Staub. Dann hebt er ihn an und zerrt ihn unter dem Gelächter der Freier über die Schwelle aus dem Saal.

ODYSSEUS Draußen an der Mauer, siehst du, dort neben dem Abfall hast du jetzt deinen Platz. Hier, ein Stock zum Vertreiben der räudigen Köter. Jetzt spiel dort auf dem Misthaufen den Herrn über Fremde und Bettler.

Odysseus setzt sich wieder auf die Schwelle. Einige Freier kommen und beglückwünschen ihn.

AGELÁOS Fremdling, wahrhaft: Fremder! Zeus und andere unsterbliche Wesen mögen dich weiter beschützen.

DEMOPTOLEMOS Der Gegenangriff: glänzend geführt. Schnelligkeit, Wucht und die ... Besonnenheit vor allem! Glückwunsch.

LEIOKRITOS Du hast uns einen ekelhaften Freßsack, einen Volksschädling vom Hals geschafft. Dafür gebührt dir Dank, edler Fremdling.

Antinoos schickt Mägde, die einen Korb mit Brot und dem Ziegenmagen bringen. Amphinomos kommt mit ihnen.

Andere Freier gehen in den Hintergrund zu Sportgeräten, um sich, animiert vom Kampf, selber zu ertüchtigen. Mägde waschen und ölen sie.

AMPHINOMOS Heil dir, Fremdling. Die Zukunft möge dir Glück bescheren. Eben noch warst du ein geschundener Mann.

ODYSSEUS Ja, Amphinomos, du zeigst Verständnis.

Hast auch einen Vater, ich weiß, den berühmten Nisos aus Dulichion, ein reicher und tüchtiger Landesherr. Auch du giltst als ein nachdenklicher Mann.

Der Mensch ist doch das unbeholfenste Wesen von allen. Wenn ihm die Götter beistehen und er kommt sicher voran, so glaubt er, niemals könne ihm Unheil geschehen. Aber die Mächtigen im Himmel stoßen ihn schnell ins Elend. Und er erträgt es, hält durch, lehnt sich nicht auf, sondern schweigt. Mit Schweigen sehe ich den Königspalast, der unter dem Fraß der Schmarotzer verfällt. Nichts unheilvoller als ein Bündel Edelleute ohne den Fürsten. Sie denken und herrschen nach Art der Fellachen, da ihnen keiner im Rang voransteht.

Unaufgeräumt liegt das liebe Haus und liederlich wohnen die Gäste. Auf Tischen und Bänken liegen die Reste vom unaufhörlichen Schmausen. In den Kammern quieken die Mägde beim Beischlaf. Welch wüstes Gesindel befiehlt die Geschicke von Ithaka! Gibt es noch einen letzten rechtschaffenen Menschen unter den Frevlern? Du etwa, Amphinomos? Hier verdreht sich die Welt, als sähe man Herakles, bezwungen von einer Empuse. Als stimmte der Dichter ein Loblied an auf die Ratte. Die verlorene Unterscheidung befördert die Anbetung der Unverschämtheit. Die Kotfresser genießen die gleichen Rechte wie die Milchtrinker. Zaghafte Jünglinge erhalten Trophäen, weil sie sich niemals an einer Waffe vergriffen.

Das Volk drängt, und sein Grollen ist deutlich vernehmbar. Doch eh es das feiste Geschmeiß außer Landes jagt, sind seine Kräfte schon selber verdorben, dahingerafft vom Keim der Genußsucht. Diese Prasser lehren das Volk stets mehr zu verzehren, als es erwirtschaften kann, Kind und Kindeskinder nicht mehr bedenkend. So schleicht die Seuche gesetzloser Verschwendung vom Palast über die ganze Insel. Hier tagt keine Versammlung von Freiern mehr, dies ist ein Vorspiel neuer Regierung. Niemanden siehst du, der noch der Nebenbuhler des anderen wäre, ein Widerstreiter nach alter Sitte. Längst sind die Schwächlinge untereinander verbündet und erstreben gemeinsame Macht, allen gleichen Vorteil bringende Macht über die Inseln und weite Teile des Festlands. Das Erbe des Odysseus zu tilgen, haben sie dieses Bündnis gestiftet.

AMPHINOMOS Schuld daran trägt, so scheint mir, nicht zum geringsten die unentschiedene Fürstin. Mit ihrem Zögern vermehrt sie von Tag zu Tag die Unordnung.

ODYSSEUS Richtig, mein Junge, sehr richtig. Du gehörst ja selbst in die Reihen der Anwärter. Du konntest, wie ich höre, sogar das Vertrauen der Herrin gewinnen?

AMPHINOMOS Ich kann mit ihr reden.

ODYSSEUS Aber den wirklichen Fürsten, den fürchtest du nicht? Obgleich er nicht fern mehr weilt, ich spür es, lange dauert es nicht mehr, die See weht schon den Duft von blutiger Reinigung über die Insel.

AMPHINOMOS O nein, Alter. Odysseus ist tot. Erst kürzlich erhielten wir neue Berichte, untrügliche Zeichen – wenn ich auch gegenwärtig vergaß, was eigentlich untrüglich an ihnen war... Ich jedenfalls, als der Erwählte, wüßte dem zuchtlosen Treiben am Hof ein rasches Ende zu bereiten. Mit friedlichen Mitteln, versteht sich, geschicktem Verhandeln.

ODYSSEUS Brav, mein Junge. Du blickst weise voraus. Trotzdem, auch dich wird's erwischen.

AMPHINOMOS Ich sage dir, Alter: mich hat es erwischt! Ich bin der einzige in der Runde der Freier – und deshalb vertraut mir Penelope, die einsame Frau – ich habe ihr ein ganzes Herz voll Liebe bewahrt. Ich bin nicht wie die anderen. Die lustlos werben um sie und im geheimen beraten, wie sie die Königin für ihre neuartigen Pakte mißbrauchen.

ODYSSEUS Trotzdem, trotzdem. Mein Junge, mein Guter. Ich wünsche dir den gnädigen Gott, der dich, bevor es zu spät ist, schnell aus dem Haus entführt.

Aus den oberen Gemächern das Lachen der Penelope...

III
Die Narbe

I

Im Ehegemach. Eingereiht unter die Drei fragmentarischen Frauen sitzt die Königin auf der Kante des Ölbaumbetts.

KNIE Grundlos lachte sie auf.

HANDGELENK Früher nie, neuerdings drängt es sie öfter, sich vor den Männern zu zeigen.

PENELOPE Ich gehe und zeig mich den Freiern.
Spreche ein paar Worte zum Sohn. Damit seine Stellung vor ihnen sich bessert.

SCHLÜSSELBEIN Vorher wasch dich. Schmink deine Wangen.

PENELOPE Ich wasche mich. Ich schminke mein Gesicht.

HANDGELENK Geh nicht in diesem Kleid. Es trägt ungünstig auf.

PENELOPE Mein Kleid? Welches Kleid gäbe es, das meine Breite verheimlichen könnte? Meinen von Kummer entstellten, unförmigen Leib.

KNIE Zwanzig Jahre lang, zehn Jahre Troja, zehn Jahre Irrfahrt, hatte sie nie ein Bad genommen, ohne ihren Körper in ein weites schwarzes Gewand zu hüllen.

PENELOPE Ich will nicht allein vor die Männer treten. Ihr sollt mich noch einmal begleiten. Wie Schatten umspielt ihr mich, umrundet mich flink, damit ihre Blutegel-Blicke nicht saugen an mir.

HANDGELENK Geh erst in die Halle, wenn du ausgeschlafen bist.

SCHLÜSSELBEIN Schließ deine Augen eine Weile. Leg dich und schließ die Augen. Schlaf wird dich verschönen. Deine Haut glätten. Deinen Gang leicht und anmutig machen. Schlaf, es ist viel Zeit.

Die Drei fragmentarischen Frauen stellen sich vor das Bett, auf dem Penelope sich ausstreckt.

An Drähten gezogen entschweben Maske und Körperteile der beleibten Penelope.

2

In der Halle. Dunkel. Odysseus mit Fackel prüft und streichelt an den Wänden Rüstzeug und Waffen. Leises Kichern in seinem Rücken. Mit einer plötzlichen Bewegung streckt Odysseus seine Fackel aus und entzündet eine Leuchtpfanne. Zehn Mägde, in ihrer Mitte der Freier Eurymachos, stehen vor ihm.

MELANTHO Hej! Lästiger Fremdling, Bettler und Säufer! Hast nicht die Absicht, schlafen zu gehen draußen im Haus eines Schmieds oder draußen beim Hirt auf dem Feld? Drückst dich lieber im Palast herum und begaffst dir die Weiber. Lieber schwankst du umnebelt vom Wein mit brennender Fackel vor dem Rüstzeug des ehemaligen Odysseus.

ODYSSEUS Mägde des Herrschers Odysseus! Geht jetzt in eure Kammern und geht ins Gemach eurer Herrin. Dort helft ihr die Spindel zu drehen und streicht mit der Krämpel die Wolle. Erheitert sie ein wenig, bevor sie der süße Schlummer umfängt. Ich indessen gehe herum und leuchte den Freiern beim Tanzen und Spielen. Ich zünde die Feuer an, und auch sonst sorg ich im Haus für gute Beleuchtung.

AUTÓNOE Was du nicht sagst? Du gibst uns Befehle?

HIPPODAMEIA Laternenanzünder, selbsternannter! Feuermacher brauchen wir nicht. Die Fackel, die uns heimleuchtet, die setzen wir selber in Brand.

PSYRIA Sag doch: wer hat dir die neue Anstellung verschafft? Mir scheint, der Sieg über Iros ist dir zu Kopf gestiegen.

ERIPHYLE Warte nur, bald kommt ein Stärkerer, der trommelt mit brennenden Hölzern auf deinen Schädel, und die aschfahle Haut färbt sich mit strömendem Blut.

EURYMACHOS Halt, meine Süßen, ich sag euch was: mir hebt es das Herz in der Brust, wenn ich ihn sehe. Nicht ohne Geleit eines Gottes kam dieser Mann in unseren Palast. Wie sollte es anders sein? Seht doch, welch mächtiges

Leuchten den wuchtigen Schädel umgibt! Oder sollte es nur der Spiegel des Feuers sein auf seiner glatten Glatze?

MELANTHO Prüft einmal, Mägde, ob sein Beutel wirklich so verschrumpelt und leer ist, wie's sich für einen mageren Greis und Bettler gehört. Prüft es! Greift ihm unter die Lumpen!

ODYSSEUS Hündin! Gleich frage ich Telemach, ob ich dich jetzt schon zerhauen darf in zwei Stücke.

EURYMACHOS Du sollst dir den Beutel ruhig füllen. Aber mit wackerer Arbeit. Hättest du nicht Lust, als Knecht mir zu dienen draußen am Feld? Dörnchen sammeln, Kräutchen rupfen, Bäumchen pflanzen. Wie? An Arbeit willst du nicht ran? Kommst ja ohne Arbeit weit besser durch. Hier im Volkswohl kennst du Schmarotzer alle Schleichpfade zu deinem Vorteil.

ODYSSEUS Schmarotzer, meinst du, solche, die nisten im Flaum von Parasiten, wie?
Nein, Eurymachos! Könnten wir zwei uns in der Arbeit messen! Wenn es nur Frühling wäre und es wüchsen die Tage. Du gäbst mir 'ne Sense und hättest selbst eine und wir schafften im wuchernden Gras bis spät in den Abend. Oder es gälte mit Rindern zu pflügen, und zwar mit den besten, mit glänzendem Fell und unerschöpflichen Kräften, da wichen die Schollen, und Furchen schnitte ich, da würdest du blaß. Oder plötzlich käme wieder Krieg, und ich hätte einen Schild, zwei Speere, einen Sturmhelm aus Erz: vornan wäre ich in vorderster Reihe, das könntest du sehen. Oder es käme Odysseus, ein bißchen Hoffnung besteht ja noch immer, da wolltest du plötzlich ins Freie, du Edelmann mit dem heftigen Hochmut, aber die Türen, so breit sie auch sind, wären auf einmal so eng wie ein Schlitz, durch den du den Wanst nicht zwängst, und du rennst wie ein Huhn in blinder Flucht und flatternd im Kreis, bis ich dich absteche.

Eurymachos greift einen Schemel, Odysseus flüchtet unter einen Tisch, der geschleuderte Schemel trifft Medon, den Mundschenk, die Kanne fällt ihm zu Boden, die Freier stürzen betrunken herbei, Aufruhr und Handgemenge.

Eurymachos Schluß, Freunde! Kommt zur Besinnung. Jetzt entzweit uns der Streit um einen elenden Bettler.
Viel zu großzügig und duldsam sind wir gestimmt. Viel zuviel Gesindel, Fremde, Habenichtse und Gauner haben wir zugelassen am Hof. Das Niedere drängt ja nach oben. Der Schmutz wird uns bald überwältigen.

Telemach *von der Brüstung der oberen Gemächer* Unbarmherzig denkst du über die Menschen, Eurymachos.
Hältst dich selber für überaus hochgestellt, für einen Starken und Großen, weil du im kleinen Kreis der adligen Männer Bestätigung findest. Doch es sind nicht die Besten. Ein schwaches Gemüt zeigt ihr, anfällig für Streit und Rauferei, jedesmal, wenn ihr zu üppig gespeist und getrunken habt. Geht jetzt, begebt euch zur Ruhe. Verjagen will ich ja niemanden.

Amphinomos Freunde! Es ist eine schlechte Gewohnheit, sich beliebig zu erzürnen, nur um das schöne Schwellen des Zorns in den Adern zu spüren. Rund um einen Bettler sich gegenseitig zu reizen und zu prügeln, ist sinnlos. Laßt es sein, einen Gast zu verspotten und zu mißhandeln. Oder auch einen anderen Diener, der uns aufwartet im Haus des göttlichen Odysseus.
Telemach selbst mag entscheiden, wer im Palast des Vaters ihm willkommen ist und wem er die Tür weist. Uns indessen fülle der Mundschenk noch einmal den Becher, wir spenden unser Opfer vom Wein und wollen uns dann zur Ruhe begeben.
Kommt jetzt, genießen wir den letzten Trunk an diesem hitzigen Tag.
Alle nach hinten ab. Odysseus bleibt allein am Feuer. Telemach kommt hinzu.

Odysseus Alle Waffen aus dem Saal. Speere, Helme, Schilder fort in die Kammer nach oben. Sag, wenn die Hunde murren, mit unauffälligen Worten, der Rauch vom Feuer verderbe die prächtigen Stücke des Vaters.
Außerdem bestehe für alle Gefahr, wenn die Männer betrunken nach dem Gelage zu schnell erreichbaren Waffen greifen.

Einzig für uns laß zwei Speere, zwei Schwerter zur Hand, die wir zuerst gebrauchen, wenn wir zum Sturm aufbrechen.

TELEMACH *zur Amme, die hinter einer Säule vorbeischlurft* Eurykleia! Hör, Mütterchen ... halt mir die Mägde in ihren Kammern fest. Bis ich die prächtigen Rüstungen des Vaters hier aus dem Saal geschafft. Sieh nur, wie der Rauch sie zerfrißt. Wir wollen sie bergen, wo sie vom Qualm verschont werden.

EURYKLEIA Jetzt wo dir am Kinn der Bart wächst, wünschte ich, wärst du bald reif, kluge und gute Befehle zu geben. Mit Weitsicht zu sorgen für Haus und Hof. Du verbietest den Mädchen, aus ihren Zimmern zu gehen? Die aber sollten dir leuchten beim Schleppen der Waffen.

TELEMACH Aber mein – aber dieser Fremdling, er soll sich rühren. Wer von meinem Tisch ißt, der soll mir zur Hand gehen. Und käme er aus dem fernen Äthiopien. Geh du voran, Alte, schließ uns die Waffenkammer auf.

Eurykleia ab. Telemach und Odysseus nehmen Waffen von der Wand. Athene erscheint, indem ein starkes Licht plötzlich in den Saal fällt.

TELEMACH Vater: was ist das? Ich sehe ein Wunder. Ein furchtbar festliches Leuchten. Die Mauern des Hauses, die aufwärtsragenden Säulen, die Halle, die Balken, die Türen ... alles steht mir vor Augen in Flammen ... Es ist, als ob uns ein Gott besuchte, ein Herr aus hellichtem Himmel!

ODYSSEUS Schweig, mein Sohn. Richte den Blick auf die Arbeit. Auch wenn ein Gott den Raum mit dir teilt, mußt du das Nötigste selber verrichten.

3

Odysseus und Telemach tragen die Waffen fort. Das Licht schwindet. Mägde in Weiß kommen und räumen auf. Einige bringen den Lehnstuhl der Penelope. Die Königin erscheint in einem langen dunklen, gefälteten Rock. Sie setzt sich in die Nähe des Feuers. Odysseus kommt zurück in die Halle.

PENELOPE Fremder Mann! Setz dich zu mir und erzähle beim Feuer.
Nacht ist es, ich finde nicht in den Schlaf. Komm her und berichte, was es auch sei.

ODYSSEUS Schöne Herrin! ... Edelste Frau. Dank euch.

PENELOPE Die Schönheit tilgten mir Götter an dem Tag, da die Achaier nach Troja fuhren, verflucht sei der Name. Mit ihnen zog mein Gatte Odysseus. Seither mästet mich einmal die Trauer, ein andermal härmen die Sorgen mich ab. Denn was es an Unheil gibt, das zieht mein Haupt und mein Leib auf sich. Du siehst, es sitzen die langweiligen Männer hier von den Inseln, ehrgeizige Fürstensöhnchen aus Same, Dulichion, von Zakynthos und auch von Ithaka, Kinder aus ersten Häusern sitzen am Tisch des Odysseus und freien um seine ratlose Witwe. Daheim bleibt ihr eigener Reichtum unversehrt, hier aber schlachten sie Rinder, Schafe und Ziegen, hier schlemmen und schmausen sie und trinken den Wein nur so drauflos. Meine Güter vertun sie, denn es fehlt ja der große gewaltsame Mann, der mir dieses Gelichter ohne Erbarmen vom Hals schafft. Fremder Mann! Ich habe Sehnsucht nur nach Odysseus. Doch sein endloses Fernbleiben zehrt meine Liebeskraft auf. Bevor ein Weib sich für immer erkalten fühlt, willigt sie ein, wenn auch erschöpft, in die schändliche Heirat. Ach, Fremder, du ahnst nicht, was ich schon auf mich genommen und was mir jetzt noch bevorsteht.

Erst hielt ich die Freier hin mit einer List. Sagte: hört mal, ihr Jünglinge, hört, meine Freier! Tot ist der große Odysseus. Wartet! Bedrängt mich nicht. Warten wir noch mit der Ehe. Ich möchte das Grabtuch erst fertigweben. Für den Vater Laertes das Grabtuch. Also saß ich am Webstuhl und wob alle Tage. Nachts aber trennte ich den Faden wieder auf. Drei volle Jahre zog es sich hin, so blieb ich verschont. Dann aber verrieten Mägde die List, treulose Huren, und die Kerle bezichtigten mich des Betrugs. So ward ich gezwungen, die kostbare Arbeit fertigzustellen, was ich nie wollte. Jetzt drängen die Eltern, der eigene Sohn, es drängt mich das ganze Land, endlich die Wahl zu treffen für eine Hochzeit. Fremder Mann, ich sage dir: diese Nacht noch vergeht, dann steht sie vor mir, die entsetzliche Ehe. Mir, der Verfluchten, der Zeus ein glückliches Lieben verwehrte.
Aber genug jetzt. Berichte nun du, wo du daheim bist. Sieht nicht so aus, als wärst du am Fleck deiner Geburt festgewachsen wie eine Eiche.

ODYSSEUS Also ich bin ein Kreter und stamme von Kreta. Mein Name ist Aithon, ich komme aus rühmlichem Haus. Vor dem Krieg in Troja verschlug es Odysseus auf meine wogenumschlungene Insel. Mein Bruder war Herrscher von Kreta, mit Namen Idomeneus. Bei ihm hoffte dein Gatte, der Sohn des Laertes, Aufnahme zu finden, doch war er bereits mit den Atriden gen Troja voraus. Also bot ich dem Odysseus selber mein gastliches Haus. Wahrlich, ich darf sagen, ich bewirtete ihn reichlich, geradezu königlich, brachte ihm alle Tage Schinken und Kuchen …

PENELOPE Eurykleia! Bring Schinken und Kuchen.

ODYSSEUS Und spendete üppig vom besten Wein.

PENELOPE Eurykleia! Bring auch vom besten Wein!

ODYSSEUS Zwölf Tage blieb er bei mir. Ein gewaltiger Sturm hinderte ihn an der Ausfahrt. Ich versorgte sein Schiff, all seine Leute, auf eigene Kosten mit Mehl und vielen gemästeten Rindern …

Die Drei fragmentarischen Frauen erscheinen zwischen den Säulen der Halle.

KNIE »Vielerlei log er zusammen und manches war ähnlich der Wahrheit.«

SCHLÜSSELBEIN So heißt es. Doch die Königin bedurfte seit jeher der Fremden, die ihr berichteten, nicht um die Wahrheit zu hören, sondern um besser weinen zu können.

HANDGELENK Zu baden in Tränen! So dreist einer auch aufschnitt, er brachte doch immer das Eis zum Schmelzen, unter dem sie Leib und Seele verbarg vor den Freiern.

KNIE Ja, wer ihr vom Gatten nur prächtig genug erzählte, den mochte sie selber in ihre Arme schließen, den mochte sie küssen.

PENELOPE Fremder, ich glaube, jetzt kann ich dich prüfen. Du hast, wie du sagst, meinen Gemahl zu Hause gastlich empfangen. Wie sah er denn aus? Sag, was für Kleider hatte er an?

ODYSSEUS Du verlangst ein gutes Gedächtnis! Wieviel Zeit ist verflossen seitdem! Vor zwanzig Jahren fuhr er von Kreta davon ... Was hatte er an? Er trug oft einen Mantel aus purpurner Wolle, doppeltgesäumt, geschlossen mit einer goldenen Spange. Darauf, das habe ich selber von nahem gesehen, befand sich ein hübsches Kunstgebilde. Einen Hund stellte es dar, der mit den Pfoten an einem Rehkalb aufsprang und es schon an der Gurgel packte, man sah, wie es sich sträubte, zu fliehen sich wand – alles aus Gold.

PENELOPE Ich! Ich! Ich war es! Ich packte ihm in der Kammer die Kleider, den Mantel, den du erwähnst, und die goldene Spange steckte ich an, die du von nahem sahst. Niemals kehrt er mir wieder, der Schöne!

ODYSSEUS Also: der Mann lebt noch. Weint euch, Herrin, die sanften Wangen nicht wund.

PENELOPE Nicht lügen, nicht quälen, nicht trösten, ich bitte!

ODYSSEUS Doch. Ich kenne den Pheidon, den Fürsten der Thesproten, das reiche Land ganz in der Nähe, der schwur mir bei Zeus, das Schiff des Odysseus liege im Hafen bereit, samt neuen Gefährten. Überladen sei es mit Schätzen, teils Beute, teils Gaben freundlicher Menschen. Bei Thrinakia erlitt er ja ziemlichen Schiffbruch. Es zürnten ihm Zeus und Helios gemeinsam, weil die Gefährten die Rinder getötet. Die Leute verlor er bei störrischer See, als sein geräumiges Schiff kenterte im Schwall einer Woge. Er selbst aber hielt sich am Kiel, die Wogen trieben ihn ans Festland. So kam er ins glückliche Land der Phäaken, die Göttern verwandt sind. Die nun verehrten ihn wie einen Seligen, ja sie schenkten ihm großartige Güter. Denn bei vielen war Odysseus sehr beliebt, vor allem bei Frauen. Eigentlich müßte er schon auf Ithaka gelandet sein, überall hörte ich von ihm erzählen hier auf den näheren Inseln. Oder, mag sein, er ist noch einmal zu ferneren Ländern aufgebrochen, um weitere Güter zu sammeln. Außer Gefahr aber ist er, und bald kehrt er heim. Ich kann es beschwören, dieses Jahr noch, wahrscheinlich.

PENELOPE Geschenke! Geschenke! Beweise der Liebe! Wehe jedem, der diesem Fremden in meinem Palast nicht Ehre bezeugt oder ihn schmäht! Es küsse seine Hände, wer ihm begegnet. Erweise ihm Freundschaft und preise ihn selig. Auf, Mägde, nehmt ihn mit euch, badet ihn, salbt ihn, seid ihm zu Diensten. Bereitet sein Lager, legt warme Decken über sein Bett und glänzende Kissen. Er soll am Morgen auf goldenem Thron erwachen! Neben Telemach sitzt er beim Frühmahl in der Halle. Und auch mir sollst du näher sein, Fremder, und sollst mich prüfen. Wie sonst könntest du erfahren, welch eine Frau Penelope ist und ob sie nicht an Herz und Verstand alle anderen übertrifft, wenn du weiterhin übel bekleidet, verwahrlost in den Ecken des Hauses stehst? Es ist auch von mir eine Menge Ruhm zu berichten … Ach, was sind denn die Menschen? Sie kommen und gehen. Wer ein Scheusal ist, dem folgen die Flüche bis in das Grab. Größe und Edelmut aber lobt man noch in ferner Zeit. Fremder Mann! Es sitzt mir ein tiefes Ahnen im Herzen, denn so wird es kommen: niemals sehe ich ihn wieder, meinen Odysseus. Es fehlt uns für immer der rechte Gebieter, der einem Gast wie dir die Ehre erweist und später für seine sichere Heimfahrt sorgt. Auf deine Heimfahrt, Fremder, mußt du verzichten. Mägde, kommt endlich und badet den Mann!

ODYSSEUS Hört, edle Herrin, glaubt mir, Decken und glänzende Kissen sind mir ein Greuel. Laßt mich die Nacht verbringen, wie ich's gewohnt bin. Viele schlaflose Nächte habe ich auf harten Planken gelegen. Auch möchte ich nicht gerne, daß eine der Mägde, die mit den Freiern ins Bett gehen, meinen Körper berührt. Ist aber ein greises Weib da, die ähnlich wie ich den Kummer des Alters erträgt, dann ruft sie. Sie mag mir die Füße waschen, das ist mir recht.

PENELOPE Bist mir der liebste von all den Fremden, die herkamen, um zu erzählen. Keiner hat seine Worte so verständig gewählt wie du. Ja, eine Alte ist da, tüchtig noch, aber von Leid gekrümmt. Sie war die Amme des Unseligen, der fortzog für immer. Eurykleia, richte ein Fußbad!

Ob er jetzt auch an Händen und Füßen so faltig und alt ist wie du?

Komm, meine Kluge, hier ist ein Freund deines Herrn aus der Zeit ihrer Jugend ... den wasche! Im Unglück verfällt ja der Mensch früher dem Alter.

Eurykleia kommt mit einer Dienerin, die ihr Wanne und Krüge mit warmem und kaltem Wasser trägt. Sie murmelt verwirrt, den Blick auf ihre Verrichtungen gesenkt.

EURYKLEIA Mein Liebling... mein Söhnchen! Ich kann ja nichts tun. Zeus war dir lange ein Feind. Dir, der ihm fette Rinder geopfert, hundertweis, und hast zu ihm gebetet, er möge ein ruhiges Alter dir schenken, um selber den edlen Sohn zu erziehen, und dann raubt er dir alle Ehren, der Herr der Blitze, läßt meinen Liebling von Hündinnen beschimpfen.

ODYSSEUS Es ist gut, liebe Alte, beruhige dich. Es sagen ja viele, ich sähe deinem Herrn etwas ähnlich. Leicht kann es so scheinen, wenn man sich jemanden herzlich herbeiwünscht.

Eurykleia mischt die Krüge mit kaltem und heißem Wasser.

Odysseus rückt seinen Schemel vom Feuer ins Dunkle.
Die Drei fragmentarischen Frauen sitzen auf einer kleinen Bank in der Nähe der Saalschwelle.

KNIE Was ist mit der Königin?
Sollte nicht sie jetzt sprechen?

HANDGELENK Penelope?

SCHLÜSSELBEIN Sie hört nicht mehr zu.

KNIE Zu nah dem unfaßlichen Wiedererkennen, starrt sie versteinert zu Boden.

HANDGELENK Grundlos lacht sie wieder auf in ihren Träumen.
Das Folgende sprechen sie voraus dem Geschehen.

HANDGELENK Was geschieht da beim Waschen? Was tut der Fürst?

KNIE Die Amme hat seine Narbe entdeckt.
Die Narbe, die ihm der Eber ins Bein schlug, als er ein Kind war.

SCHLÜSSELBEIN Er stößt die Wanne um mit dem Fuß.

KNIE Er würgt seine Amme! Er würgt sie! Zu Hilfe!

EURYKLEIA Odysseus! Kind! Du bist es!
Herrin! So hört mich –

ODYSSEUS *drückt ihr die Kehle zu* Mütterchen! Willst du mein Unglück?
Du hast mich selber genährt an deiner Brust.
Im zwanzigsten Jahr unmäßiger Leiden
bin ich gekommen ins Land meiner Heimat.

EURYKLEIA Und ich habe nicht eher meinen Herrn erkannt,
nicht bevor ich ihn ringsum betastet!

ODYSSEUS Halt es geheim! Kein anderer im Haus darf es erfahren. Sonst: wenn ein Gott durch mich die Freier vernichtet, halt ich nicht ein, meine Amme werde ich nicht schonen, sondern ich töte auch dich mit den übrigen schamlosen Weibern.

EURYKLEIA Was sagst du? Bist du von Sinnen?
Weißt du nicht, wie stark ich bin?
Fest wie Eisen und Stein ruht das Geheimnis in mir.
Nur eins noch laß ich heraus: sind erst die Fresser vernichtet,

dann nenne ich einzeln die Mägde, die dir die Treue hielten und jene, die dich verrieten.

ODYSSEUS Wozu? Wirklich nicht nötig.
Die merk ich mir selber. Sie sind leicht zu durchschauen. Schweig nun und geh. Laß es die Götter vollenden.

PENELOPE Fremder Mann! Es fällt mir ein, eine Kleinigkeit noch, die wollte ich dich fragen. Bald kommt die Nacht, da alle sich ausruhen. Nur ich lieg schlaflos im Bett, und tausend Sorgen zernagen die Seele. Und meine Gedanken rasen bald hierhin, bald dorthin. Wie soll ich entscheiden? Bleibe ich bei meinem Sohn und lasse alles beim alten, halte in Ehren das Bett der Ehe und meinen Ruf beim Volk von Ithaka? Oder: gehe ich mit dem besten Freier davon, der mir die kostbarsten Geschenke bringt?
Solange mein Sohn noch klein war, bot er willkommenen Aufschub der Heirat, dem Abschied vom Haus meines Mannes.
Jetzt ist er groß und wünscht selber, daß ich ihn endlich verlasse. Er bangt um seinen Besitz, den ihm auf Dauer die Freier verprassen. Aus eigener Kraft gelingt mir die Entscheidung nicht. Jetzt will ich sie alle zum Wettkampf versammeln. Ich lasse die Äxte holen, die der große Odysseus oftmals hintereinander stellte wie Rippen der Schiffswand, alle zwölf, und er trat dann zurück und schoß den Pfeil durch die Löcher des Eisens. Morgen, schon morgen, ein Unheilstag steht mir bevor, wird in der Halle der Wettkampf verkündet und ausgerufen der Preis. Wer es auch sei, dem das Kunststück gelingt, wer durch zwölf Äxte hindurchschießt, dem werde ich folgen. Noch am selben Tag verlasse ich das Haus, den lieben wunderschönen Palast. Wie oft werde ich in Träumen seiner gedenken!

ODYSSEUS Ehrwürdiges Weib des Odysseus! Richte den Wettkampf nur aus. Sorge dich nicht um seinen Ausgang. Den bestimmen die Götter. Laß die Männer nur schießen. Eher wird wohl der Hausherr selber auf der Schwelle erscheinen, als daß einer der Gäste auch nur den Bogen zu spannen vermöchte oder gar die Eisen durchschösse.

PENELOPE Daran erkenne ich, daß du einst sein treuer Gefährte warst: so prahlte Odysseus.
Hast du nicht Lust, mit mir zu kommen, auf meiner Bettkante zu sitzen? Eine Nacht lang nur deiner Stimme zu lauschen, wäre eine Freude für mich. Aber nein! Welch ein ungehöriger Wunsch ... Ich steige allein hinauf in die Kammer und wälze mich auf meinem Lager. Seit ich Odysseus vermisse, ist es nur eine Seufzergruft und eine Stätte stürmischer Träume. Letzte Nacht schlief wieder einer bei mir, der sah aus wie er am Tag, als er fortzog mit seinem Heer. Glücklich war ich, war wie von Sinnen. Ich glaubte im Traum so fest, es sei ja kein Traum, sondern er liege leibhaftig bei mir ...
Sehen möchte ich Odysseus. Und müßte ich die Styx durchqueren. Mit ihm im Herzen lieber ins Grauen hinab, als einem der schwächlichen Männer täglich die eitle Begierde zu stillen. Du aber bette dich irgendwo auf dem Boden, wie du es wolltest.
Penelope ab. Odysseus legt sich zum Fuß einer Säule. Aus den Kammern im Hintergrund Musik und Lachen der Freier und Mägde. Athene – diesmal mit gelöstem Blondhaar, im Chiton und Brustpanzer – tritt neben der Säule hervor und lehnt sich an.
ATHENE Bist du noch wach? Zermarterst dir wieder das Hirn.
ODYSSEUS Es bellt mir das Herz im Leib vor Ekel und Wut. Hörst du, wie sie da hausen und huren in ihren Kammern?
ATHENE Was quält es dich? Du bist doch am Ziel. Hier ist dein Haus. Dein Weib ist nah. Und ein Sohn ist dir herangewachsen, um den dich wohl mancher Vater beneidet.
ODYSSEUS Das ist wahr, du Hohe. Aber es bedrängt mich im Herzen nur eins: wie ich, einer gegen so viele, den schamlosen Freiern ein blutiges Ende bereite. Und, was mich noch schwerer bedrückt, selbst wenn ich sie alle bezwinge, weil du mir den Kampf führst: was kommt danach? Kann ich mich retten, mich und meine Familie? Wie entgehe ich der Rache der Königshäuser, die ihre Söhne beklagen? Das muß doch vor dem

Ermorden gründlich bedacht sein. Sonst ziehe ich ewiges Unheil auf mein Geschlecht, es geht unter in Wahnsinn und Blut wie die Atriden.

ATHENE Ich bin doch bei dir, mein lieber Gefährte. Biete ich dir nicht ein sicheres Geleit? Ich sage dir jetzt und fordere dich auf: laß sie nur kommen, die niedlichen Jünglinge. Und wenn sie im Haufen uns erdrücken wollen und dem Ares uns schlachten: wir sind es, die sie am Ende zerstören.

ODYSSEUS Manchmal ist man trotzdem allein.

ATHENE Alter! Traust du meinen Kräften nicht mehr? Kleinmütig darfst du nicht werden. Sonst hast du hier nichts zu bestellen. Jetzt schicke ich dir lindernden Schlaf. Das Wachen macht dich verdrießlich, es schwächt deinen Mut. Bedenken kannst du dir nicht mehr gestatten. Wenn du nicht losschlägst, vorstürmst mit Blutgier, wird dich mehr als die Folgen des Handelns dein Zögern in Unheil verstricken.

IV
Der Bogen des Odysseus

I

In der Halle. Vorbereitungen für den Bogenkampf und das Apollonfest. Zu Beginn der Szene Kommen und Gehen von Mägden und Helfern.

EURYKLEIA Auf, ihr Mägde, macht euch an die Arbeit! Die Freier kommen heute zeitig zum Frühmahl. Es wird ja ein Festtag. Besprengt den Boden, fegt das Haus sauber. Legt Decken über die Stühle und wischt alle Tische mit Schwämmen. Säubert die Krüge und Becher. Dann schürt auch das Feuer. Ihr beide geht zur Quelle und bringt frisches Wasser. *für sich* Unsere Freier! Ich flehe zu den Göttern, das Frühmahl sei auch ihr letztes!

TELEMACH *tritt zu Eurykleia* Mütterchen, sagt, wie geht es dem Fremden, dem Bettler? Hat man ihn freundlich versorgt? Wie hielt sich die Fürstin? Hat sie den höflichen Abstand gewahrt? Ich kenne meine Mutter. Leichtgläubig spricht sie zu Fremden wie zu den eigenen Leuten. Sie kann die Menschen nicht mehr sicher unterscheiden.

EURYKLEIA Kein Grund sich aufzuspielen, mein Jüngelchen. Deine Mutter ist fürstlich gekommen und fürstlich wieder gegangen. Zwischendurch sah ich sie fürstlich lehnen im Sessel. Es gab zwar eine kurze unfürstliche Unterbrechung, als sie ein Nickerchen hielt, weil sie die Lügenmärchen des Alten allzusehr ermüdeten. Der nämlich trank kräftig vom Wein und wollte nichts weiter zu essen. Er tat wie ein ausgemergelter Wanderphilosoph, der sich selber Entbehrungen schafft, um sie tiefsinnig bejammern zu können. Wollte auch nicht im Bett schlafen, wie die Herrin ihm bot, nicht auf glänzenden Kissen. Da haben wir ihm eine Rindshaut auf den Boden gelegt, und als er sich ausstreckte, ein Wolltuch darüber.

Im Hintergrund begegnet Eumaios dem Odysseus.

EUMAIOS He, Fremdling! Wie steht es inzwischen?

Hast du dich gewöhnt an die Schelte und die Schemelwürfe der Freier?

Odysseus Frevler sind es und tun vielfaches Unrecht. Hör, Sauhirt, ich muß später noch mit dir sprechen.

Die Magd Melantho kommt halbbekleidet und verschlafen aus ihrer Kammer, läßt sich von Medon dem Mundschenk einen Becher mit Wein füllen.

Melantho Ah, der Lumpenhund ist immer noch da und bettelt die Männer an. Bist du schon in die Mitte des Saals vorgedrungen? Vielleicht ziehst du demnächst in deiner prallen Schönheit ins Gemach der Königin ein. Hier im Palast geht es ja drunter und drüber, da wird auch ein Bettler noch König.

Eumaios *weiter zu Odysseus* Alter, ich sage dir, hier in meiner Brust regt sich der bittere Zorn. Was soll ich bloß tun? Soll ich mich aufmachen mitsamt meinem Vieh zu einem mutigen anderen König weit in der Ferne? Nicht mehr erträglich ist es, hierzubleiben und wehmütig zu sehen, wie die Tiere, die einem nicht mehr gehören, täglich abgeführt werden zu anderer Leute Festschmaus, das ist ein saures Brot. Käme nur ein einziger Blitzstrahl des Zeus und sprengte den Haufen unwürdiger Herrscher!

Die Freier betreten verkatert den Saal, setzen sich zum Frühmahl an ihre Tische.

Elatos Schuld an allem ist nach wie vor: der Krieg.

Leiokritos Der Krieg! Der Krieg von Troja ist lange vorbei... Niemand von uns hat einen Nachteil durch ihn erfahren. Im Gegenteil. Wohlstand und neue Fertigkeiten aller Art verdanken wir dem Krieg.

Elatos Noch heute ist es eine Folge des Kriegs, daß mir am Morgen speiübel ist. Ohne den Krieg tränke ich weniger Wein. Ohne den Krieg wäre ich nie mit dem Wein des Odysseus in Berührung gekommen. Ohne den Wein des Odysseus säße ich nicht heute noch auf Ithaka.

Amphimedon Mit oder ohne Krieg: hätte die Fürstin gehandelt wie jede vernünftige Kriegerwitwe, wäre einer von uns, nur

einer, noch hier, und sämtliche anderen endlich verschwunden. Sie allein trifft die Schuld an unserem geschmacklosen Zustand. Unmenschliches Warten entartet den Menschen.
Du zum Beispiel bist ein Betrüger geworden beim Kartenspiel. Und du ein Saufaus, der kein Wildschwein mehr erlegen kann. Und du rechnest verkehrt.

ELATOS Und du bist von allen der Schlimmste: Jemand, der seine Kleider täglich wäscht und auf die Leine über unsere Köpfe hängt wie Totenhemden!

EURYADES Freunde! Laßt uns den heutigen Tag ganz dem Fest des Apollon widmen! Heute wollen wir tafeln, wie es dem Rang des Gottes gebührt. Und noch etwas, Freunde! Laßt uns heute an nichts anderes denken als an das Festmahl des Gottes. Und das sind: die mächtigsten Schafe, die fettesten Ziegen und vor allem: die köstlichen Mägen vom Rind!

DEMOPTOLEMOS Mein Vater, der schon ein großer Tafler war, erzählte von einem Volk aus der Urzeit, bei dem der König von allen der Meistesser war. Aber da es ihm alle nachtaten, fraßen sie ihre gesamten Vorräte auf, verpraßten alles, was sie besaßen, und wußten am Ende nicht, wie sie ihre Vorräte wieder auffüllen sollten. Dafür hätten sie einer harten Arbeit nachgehen müssen, wozu aber keiner mehr imstande war.
Telemach kommt mit Odysseus; läßt von zwei Mägden Tisch und Stuhl unter die Freier setzen.

TELEMACH Hier setz dich hin. Trink deinen Wein unter den Männern. Schimpfen und Raufen ist euch verboten. Dies ist kein Gasthaus. Sondern das Haus des Odysseus. Mir untersteht es. Freier, ich rate euch, zähmt eure Streitlust.

ANTINOOS Das war ein Wort, Freunde! Das saß! Noch lange wird es uns in den Ohren schallen.
So einer, Amphinomos, wäre hier im Palast wohl besser zum Schweigen gebracht. Aber du meinst ja, wir sollten jeden Großschwätzer erdulden.

KTESIPPOS Hört mich, ihr elenden Prasser! Bei eurem fetten Wohlstand habt ihr vergessen, daß man den Fremden ehrt und seine Güter teilt mit dem Bedürftigen. Schamlos ist es und unrecht, die edlen Gäste unseres Telemach so schlecht zu behandeln, auch wenn sie bald in Scharen hier einziehen und uns wie die Heuschrecken kahlfressen. Ich aber gehe mit gutem Beispiel voran und schenke ihm vom eignen Teller das Beste. Er mag es ruhig weiterverschenken, wenn sich etwa eine hübsche Magd ihm gefällig zeigt und ihn badet mit beflissenen Händen. Hier also – ich hoffe, du erfreust dich der gastlichen Gabe!

Er setzt dem Odysseus einen Kuhfuß auf den Teller.

TELEMACH Ktesippos! Schurke und Spötter, dir hätte ich gern die Lanze durch den Nabel gebohrt! Dann könnte dein Vater statt einer Hochzeit jetzt dein Begräbnis bereiten. Wage mir einer noch solch höhnischen Spaß! Ich weiß, was edel und was schlecht ist. Auch bei klügster Verstellung erkenne ich den Frevler.

AGELÁOS Warum sitzt du hier unten im Saal und fällst uns als Sittenrichter zur Last? Geh hinauf ins Obergemach, setz dich zur Mutter und rede mit ihr von der Heirat. Heute noch soll sie den Besten erwählen von uns. Dann kannst du schon morgen in Ruhe und ganz allein dein Erbe verzehren.

TELEMACH Ageláos! Beim Leid meines Vaters, der fern von Ithaka starb oder irgendwo bettelt: ich weiß es ja selbst, der Tag ist gekommen, die Heirat der Mutter wird niemand verzögern, am wenigsten ich. Vielmehr rate ich zur Ehe, mit wem sie nur will. Aber ihr Jawort kann sie nur selber geben, allein muß sie den Besten erwählen. Aber wer ist von euch allen der Beste?

Die Drei fragmentarischen Frauen sitzen unter den Mägden auf einer Bank an der Seite der Halle.

HANDGELENK Unsichtbar streifte Pallas Athene wie flauer Wind durch die Halle. Sie entstellte die Köpfe der Freier.

KNIE Grundlos lachten sie auf, sie kicherten kindisch vor ihren Tellern.

SCHLÜSSELBEIN Schnitten Fratzen und sprachen wie törichte Greise mit sich selbst.

HANDGELENK Plötzlich starrten sie vorwärts mit blutigen Augen, und auf den Tellern lag rauchende Asche.

THEOKLYMENOS Elende! Was ist mit euch? Welch Unheil! Eure Köpfe stecken in finsterer Nacht, die Gesichter hängen euch schief an den Haaren. Entstellte! Wo ist euer Verstand? Wehe, da lodern schon Flammen aus dem Gebälk! Blut läuft von den Wänden, es triefen die Türen und Treppen von Blut. Voll ist der Saal, zum Bersten gefüllt mit Schattengebilden! Die Sonne rollt herunter vom Himmel, Finsternis verschlingt alles Leben –

Ein plötzliches lautes Knarren, als im oberen Stock Penelope die Tür zur Schatzkammer öffnet, um den Bogen des Odysseus zu holen. Auf den Schlag scheint die Vernunft in alle zurückzukehren.

EURYMACHOS Schmeißt doch den Kerl sofort aus dem Haus! Wer hat diesen verrückten Seher hereingelassen? Schwafler! Soll er draußen auf dem Markt seine närrische Dichtung verkünden, wenn es ihm hier im Saal zu dunkel ist.

LEIOKRITOS Schlechtere Gäste als du, Telemach, seit du zurückgekehrt, hat uns noch niemand ins Haus gebracht. Einmal sind's Bettler, arbeitsscheues Gesindel, das du großzügig bewirtest. Ein anderes Mal sind's gottbegnadete Schwafler, die uns beim Frühstück mit Unheilsgeschichten erschrecken. Am besten wär's, wir lüden diese edlen Fremden auf ein Schiff und schickten sie fort nach Sizilien. Als Sklaven brächten sie Geld.

Im oberen Stockwerk sitzt Penelope in ihrem Thronsessel und hält den Bogen des Odysseus auf den Knien. In der Halle unten beginnen die Mägde die zwölf Äxte aufzubauen.

PENELOPE Hört mich, ihr Freier! Hier seht ihr den Bogen des großen Odysseus. Wer diesen Bogen am leichtesten spannt und durch alle zwölf Äxte hindurchschießt: dem werde ich folgen. Mit ihm verlasse ich dieses Haus. Haus meiner frühen, herrlichen Jahre, an das sich mein Herz künftig in Träumen erinnert.

Die Freier haben sich von ihren Tischen erhoben. Sie sehen hinauf zu Penelope, und einige murmeln: »Seht doch, die Fürstin ... Ist das noch unsere Fürstin? ... Penelope! Wie schön sie ist ... Der Bogen ... seht, der Bogen des Odysseus ...«

ELATOS Diesen Bogen bekam er, so heißt es, in Sparta einst von seinem Freund Iphitos ... Berühmt ist auch, daß er ihn niemals zum Kämpfen verwendete, sondern das Freundesgeschenk immer bewahrte zu Haus ... das Denkmal gastlicher Liebe.

EURYMACHOS Doch Herakles, als er zu Gast war beim Vater des Iphitos, erschlug seinen Wirt! So erzählt die Legende.

ANTINOOS Was soll das Gestammel, ihr albernen Weichlinge? Wenn euch schon der Anblick des Bogens in lähmende Ehrfurcht versetzt, wird es keinem von euch gelingen, damit zu schießen in diesem sinnlosen Wettkampf. Niemand von euch, das darf ich sagen, verfügt über die Kräfte des jungen Odysseus. Ich habe ihn selbst noch gesehen, als ich ein Kind war. Ich kann mich gut erinnern, wie leicht er die harte Sehne anzog. Ihr werdet's nicht schaffen, da bin ich sicher, euch wird es zu schwer.

TELEMACH Freier! Der Kampfpreis ist euch bekannt. Tretet nun an zum Wettkampf. Meine Mutter hat es gesagt ... ich glaube, ich verliere den Verstand: sie will mich verlassen. Und ich, ich Tölpel, ich freue mich noch! Solch ein Weib findet ihr nicht zum zweiten Mal rundum im Land der Achaier. Nicht in Argos, Pylos, Mykene, auch nicht auf Ithaka sonst oder auf dem steinigen Festland. Aber das wißt ihr ja selber, sonst wärt ihr längst nicht mehr hier. Jetzt zögert nicht unnötig und stellt euch der Reihe nach auf.

Er prüft die Stellung der Äxte. Er legt eine Schwelle fest, von der aus geschossen werden soll. Er läßt sich den Bogen bringen, untersucht ihn und will ihn gerade spannen, als Odysseus ihm ein Zeichen gibt, es zu unterlassen.

TELEMACH Ach, was für ein Schwächling bin ich doch leider! Und werde es wohl bleiben. Bin meiner Hände noch immer nicht sicher. Wie gern hätte ich selber die Äxte durchschossen! Dann wäre ich nicht einsam im Haus zurückgeblieben. Mutter, ich hätte des Preises mich würdig erwiesen! Aber – ihr seid mir an Kräften bei weitem überlegen.

Telemach lehnt den Bogen, Köcher und Pfeile an eine Säule. Die Männer stellen sich der Reihe nach auf.

ANTINOOS Leiodes, der Opferschauer, steht an erster Stelle. Der sich am wenigsten mit uns vergnügte. Immer saß er vor seinem Wein abseits im Winkel. Und dachte wohl finster bei sich: laß sie's nur treiben, verzärtelt und schlaff, wie sie sind, die müßigen Schwelger. Wenn es drauf ankommt, bin ich selber der Erste und Beste. Hab ich nicht recht, Leiodes, du Leiser? Nun sollst du als erster den Wettkampf beginnen.

Leiodes untersucht den Bogen mit fachmännischen Griffen. Er begibt sich in Positur und versucht die Sehne aufzuziehen. Dreimal probiert er es mit verschiedener Technik. Dann gibt er auf.

LEIODES Freunde, ich kann ihn nicht spannen. Die Hände versagen den Dienst. Den Regeln des ehrlichen Wettkampfs gehorchend, scheide ich aus. Von Stund an gehöre ich nicht mehr zu denen, die um die edle Fürstin werben. Wohl wahr: tot sein ist schon viel besser als ein Leben, das in einer Sekunde alle Hoffnung verliert, den Sinn, die Mitte, das Ziel, alles verliert, worum es sich eintausend Tage lang drehte. So hofft wohl mancher noch jetzt, und doch sage ich euch: dieser Bogen wird vielen eine böse, jähe Enttäuschung bereiten. Am Ende schleicht er verbittert aus dem Palast und sagt sich: gäbe es unter den lieblichen Töchtern des Landes nicht doch eine andere, um die zu freien besseren Lohn verspräche? Sie aber, auf die wir alle sehr geduldig gewartet, mag sich nun dem tatsächlich Besten vermählen. Falls er sich findet ...

ANTINOOS Traurig, Leiodes, wirklich sehr traurig. Doch mir steigt die Galle empor, wenn ich dich höre. Nur weil du nicht Kraft genug hast, den Bogen zu spannen, glaubst du, wir anderen müßten ebenso trübselig verzichten. Dich hat leider deine liebe Mama nicht dazu geboren, ein tüchtiger Schütze zu werden. Schließ nicht von dir auf andere, du Weichling.

Medon, Mundschenk, schür das Feuer, stell einen Stuhl her und leg einen Batzen Stierfett dazu. Wir erwärmen den Bogen und werden ihn fetten. Dann bringen wir rasch den Wettstreit zu Ende.

Odysseus lockt Eumaios beiseite.

ODYSSEUS Wem würdest du helfen, Eumaios, wenn er jetzt käme, gerade so über die Schwelle, Odysseus, dein Herr, als hätte ihn ein Gott hergetragen, wem würdest du beistehen, deinem Herrn oder den mächtigen Freiern?

Eumaios senkt den Kopf, beginnt zu schluchzen.

Es ist gut. Ich weiß ja: du bist eine treue Seele. Hast mich aufgenommen als erster, herzlich bewirtet, als ich ins Land meiner Heimat nach langer Irrfahrt einkehrte. Niemanden habe ich inniger flehen hören, daß ihm sein Herr zurückkäme. Nun sage ich dir, daß dein sehnlichster Wunsch jetzt schon erfüllt ist.

Er rafft die Lumpen und zeigt sein Bein.

Halt, bleib hier! Du glaubst wohl, ich spräche verwirrt? Sieh her, damit du mich sicher erkennst: hier unterm Knie siehst du die Narbe, die ja berühmt ist, und jedermann weiß, daß sie dem Kind Odysseus ein Eber schlug am Parnaß.

EUMAIOS Die Narbe des Odysseus? Treib keinen Spaß mit solch ehrwürdigem Zeichen!

ODYSSEUS Eile ist uns geboten. Faß dich und glaub mir.

EUMAIOS Nur einer trägt solche Narbe unter dem Knie, wie jedermann weiß und sich alle noch heute erinnern.

ODYSSEUS Höre, Eumaios, wenn du mir hilfst, den scheußlichen Haufen in Blut zu ersticken, verschaffe ich dir festen Besitz, sorge für deine Wirtschaft mit Rindern und Schweinen, gebe dir ein Weib, das dir nützt, wie es Pflicht ist für den rechtmäßigen Herrscher. Ich bringe euch das Königtum wieder, das ihr von alters her kennt, zum Schutz und Heil des Volkes von Ithaka.

EUMAIOS *fällt auf die Knie und küßt die Hand des Odysseus* Mein Herr! Du Lieber...

Odysseus Steh auf! Laß das Weinen und Jammern. Verrate es niemandem. Wir müssen schnell mit dem Ende beginnen. Geh wieder an deinen Platz. Geh allein voraus. Merk dir: die Freier werden verhindern, daß Bogen und Pfeile an mich gehen. Du aber, treuer Eumaios, sieh zu, daß mir der Bogen in die Hände gelangt. Sage den Mägden, die mir getreu sind, sie sollen alle Türen und draußen das Tor versperren. Keinem darf die Flucht aus dem Saal gelingen. So lautet dein Auftrag. Nun an die Arbeit, sei achtsam und schweig.

Eumaios zurück zu den anderen. Odysseus bleibt hinter der Säule und beobachtet, wie Eurymachos mit dem Bogen hantiert. Er wärmt Talg am Feuer, reibt den Bogen ein, versucht ihn zu spannen. Auch ihm gelingt es nicht. Mit einem lauten Fluch gibt er auf.

Eurymachos Götter, wie kränkt mich das! Mich und uns alle. Nicht nur wegen der Heirat. Das ist schon bitter genug. Aber es gibt ja noch andere Freuden im Leben, auch andere Frauen in unserem Land, hier auf Ithaka und drüben in den Städten. Nein, aber daß wir auf ewig für Schwächlinge gelten werden im Vergleich zu Odysseus, dessen Bogen wir vergeblich zu spannen suchten! Hohnlachen werden darüber noch unsere Enkel!

Antinoos Nein, Eurymachos, so wird es nicht kommen, du weißt es besser. Heute feiert das Volk das Fest des Gottes Apoll. Ein heiliges. Wer schießt da mit dem Bogen? Legt ihn jetzt beiseite. Wir beginnen zu tafeln. Medon, Mundschenk, fülle die Becher zur ersten Opferspende. Morgen werden wir zuerst vom besten Ziegenfleisch opfern dem Schützen Apoll, dann fassen wir wieder den Bogen an und werden den Wettstreit ohne Zögern beenden.

Medon und einige Mägde gießen Wasser über die Hände der Freier und mischen in den Krügen Wein und Wasser.

Odysseus Hört mich, ihr edlen Freier! Von Herzen bitte ich den göttergleichen Antinoos, der ja den Vorschlag, den Bogen jetzt ruhen zu lassen, so wohlbegründet gemacht hat, auf daß erst morgen der Gott, wem er will, die Kraft der Entscheidung verleihe – aber heute: dürfte ich einmal nur anfassen den Bogen des großen Odysseus, damit meine Hände seine herrliche Glätte empfinden?

VERSCHIEDENE FREIER Lumpensack! Drängst du dich immer noch vor? Idiot! Es rauscht dir der Wein im Schädel! Du säufst ihn mit offenem Maul, statt maßvoll zu nippen. Hast nicht genug davon, unter uns schmatzend am Tisch zu sitzen. Hörst auch alle Gespräche mit an. Willst du etwa in unseren Wettkampf eingreifen? Scher dich davon. Sonst wirst du heute nacht noch nach Sizilien verfrachtet. Ab nach Sizilien, wo man die Sklaven verkauft!

PENELOPE *vom oberen Stockwerk* Antinoos! Was glaubst du wohl? Fürchtest du etwa, daß dieser Fremdling die nötigen Kräfte besäße, den Bogen zu spannen, und daß er am Ende die Äxte, zwölf nacheinander, durchschösse? Um mich dann heimzuführen als seine Gattin? So also denkt ihr von mir. Daß ich mit einem Bettler zöge, wenn es drauf ankommt? Gewiß, es ist ein ansehnlicher Gast, gut gewachsen, von stattlicher Größe, wie jede Frau ihn sich wünschen mag. Aber daß ich ihm folge, das glaubt ihr doch selber nicht.
Gebt ihm den Bogen, er ist ein braver Mann. Außer dem Wettstreit darf er sich einmal erproben. Wir wollen doch sehen. Und eines sage ich euch: bringt er's zuwege, mache ich den schönen Mann noch schöner mit edlen Gewändern. Ich kleide ihn reich mit Leibrock und Mantel. Auch ein Schwert hänge ich an seinen Gürtel, und Sandalen bekommt er an seine Füße, denn er ist ein schöner Mann.

TELEMACH Genug, Mutter, genug. Ich bestimme hier, wer den Bogen zur Hand nimmt. Und wenn ich dem Fremden den Bogen für immer mitgäbe auf seine Reise, würde mich niemand daran hindern aus dem Kreis dieser Herren, die den Pakt der gemeinsamen Volksberaubung beschlossen im Haus des Odysseus. Du aber geh in deine Gemächer, setz dich zu Webstuhl und Spindel. Der Bogen ist Sache der Männer. Vor allem die meine. Ich gebe die Befehle im Haus.

Eumaios hat den Bogen genommen und will ihn zu Odysseus bringen. Die Freier beschimpfen ihn.

VERSCHIEDENE FREIER Halt, du elender Sauhirt! Was tust du?
Finsterer Strolch, laß deine Finger von dem Gerät!
Dich reißen die Hunde in Stücke!
Wir dreschen dich so, daß du am Boden kriechst mit deinen Schweinen.
Leg's hin! Hinlegen!

TELEMACH Aufheben!

ALLE FREIER Hinlegen!

TELEMACH Alter! Du weißt, was dir blüht, wenn du der Meute gehorchst! Dich krieg ich! Dich jag ich mit Steinen vom Feld. Wie gerne würde ich auch euch, ihr Freier, mit herrischen Worten beeindrucken. Doch ihr seid trotz üppigen Schlemmens noch immer kraftstrotzende Männer, tapfere Krieger, mächtige Streiter und an Stärke mir tausendmal überlegen. *brüllt* Aufheben!
Die Freier lassen Eumaios gewähren. Er legt den Bogen dem Odysseus über die Knie. Auf dem Weg zurück flüstert er mit Eurykleia.

EUMAIOS Kluge Amme! Telemach befiehlt dir, heimlich alle Türen der Halle von außen zu verschließen. Niemand darf mehr ins Freie gelangen. Auch wenn ihr drinnen Lärm hört, Gestöhn und Geschrei, Krachen und Schlagen: Türen und Tor bleiben verschlossen wie Mauern. Geh an die Arbeit, sei achtsam und schweig.
Odysseus untersucht sachkundig den Bogen.

VERSCHIEDENE FREIER Der hat ein Auge für den Bogen, das muß ich zugeben. Dreht ihn schon fünfmal herum.
Schaut wohl, ob nicht Käfer das Horn zerfraßen. Vielleicht will er sich selbst so einen Bogen machen zu Haus. Der Bettler. Der Gauner.
Seht nur, wie ein Sänger, der seine Leier mit neuer Saite bespannt, so greift er mit leichter Hand die eisenharte Sehne.
Odysseus spannt die Sehne und läßt sie zurückschnellen. Ein

hoher, lang anhaltender Ton klingt durch die Halle. Die Freier verstummen und sehen gespannt, wie Odysseus von seinem Tisch einen Pfeil nimmt, ihn auflegt und im Sitzen ohne Zögern durch sämtliche Äxte schießt. Der Pfeil leuchtet hell auf: Er fliegt schnurgerade und erzlangsam durch die Ösen der Äxte. Die Freier erheben sich ungläubig von ihren Schemeln.

ODYSSEUS *lacht* Haha! Ich habe noch Kräfte. Nicht ganz so schlaff, wie sie aussehen, sind meine Muskeln. Nicht ganz so verrottet ist der alte Lumpensack, wie die lustigen Freier mich gerne nennen. Aber jetzt laßt uns saufen! Noch ist es hell. Heute treiben wir's aber, bis keiner mehr auf seinen Beinen steht.

Sauft! Holt eure Weiber! Musik! Tanz! Das wird ein Festmahl und ein Gelage, ihr werdet noch jauchzen vor Wonne, taumeln vor haltlosem Vergnügen!

Odysseus hebt den Arm, setzt die schirmende Hand vor die Brauen zum Zeichen für Telemach, daß er sich bewaffne.

Antinoos erhebt den Becher. Odysseus springt auf den Tisch.

ODYSSEUS Hört, ihr Freier, der Wettkampf ist schon entschieden. Jetzt wähle ich ein anderes Ziel, das noch keiner getroffen.

Sein Pfeil – wieder mit hohem Sirren und im verlangsamten Flug – durchbohrt die Kehle des Antinoos. Die Freier stehen von Entsetzen gelähmt.

VERSCHIEDENE FREIER Fremder: bist du von Sinnen?!

Das Schießen auf Männer ist hier verboten.

Er hat wirklich den Antinoos getroffen!

Er hat doch mit Absicht geschossen.

Er hat nicht mit Absicht geschossen.

Sie untersuchen den gestürzten Antinoos.

Ein dicker Blutstrahl strömt aus der Nase.

Der Pfeil traf seine Gurgel. Die Spitze steht hinten beim Nacken heraus.

Zu den Waffen! Zu den Waffen! Dich wird es jetzt treffen!

Dich fressen die Geier. Erschießt unseren Besten, nur aus reinem Vergnügen! Wo sind die Waffen? Die Waffen, die rings an den Wänden der Halle hingen? Die Waffen des Odysseus, wo sind sie? Bogen, Schwerter und Schilde... Waffen! Waffen! Gebt uns die Waffen heraus!

ODYSSEUS Ihr Hunde. Ihr glaubtet, ich kehrte niemals von Troja zurück in mein Haus. Ihr habt es scheußlich geplündert. Um mein Weib habt ihr gebuhlt und vor ihrem Fenster mit schmutzigen Mägden gehurt. Hirten und Bauern habt ihr um ihre Erträge geprellt. Meinen Sohn wolltet ihr morden und tilgen das ganze Herrschergeschlecht. Euch droht jetzt die schiere Vernichtung.

EURYMACHOS Bist du es wirklich, Odysseus? Bist du uns wirklich wiedergekommen? O wie recht du hast! Viel Frevel und Untat begingen die Freier in deinem Palast. Doch der Anführer und Anstifter von allem, woran wir schuldig geworden, da liegt er und ist nicht mehr. An Ehe dachte der wohl am wenigsten. Herrschaft erstrebte er über dein Ithaka. Er wiegelte die Männer auf, deinen Sohn zu ermorden. Bündnisse zwang er uns auf, damit seine künftige Macht sich über alle Achaier erstrecke. Jetzt erhielt er das Seine, jetzt ist er tot. Wir aber wollen alles vergüten, was wir an Schäden dir und den Deinen bereitet. Jeder zahlt dir gehörige Buße, zwanzig Rinder jeder, bestimmt, Erz und Gold noch darauf, so daß noch einmal soviel, wie du in Troja erbeutet hast, zu Hause dazukommt!

ODYSSEUS Und legtet ihr all eure Königreiche zu meinen Füßen, alles, was euch gehört und doppelt darauf euren Raub... meine Hand wird nicht müde zu töten, bis der letzte der Freier für diese zuchtlose Zeit mit seinem Leben gebüßt. Ich meine, dem sicheren Verderben wird keiner entfliehen.

EURYMACHOS Ihr hört es, Freunde, es ist nichts zu machen. Der Mann will nicht ablassen von Blutgier und Rache. Darum entschließt euch zum Kampf, setzt euch zur Wehr. Allzulange habt ihr euren Verstand im Aushandeln von Pakten ertüchtigt und den Waffengebrauch sträflich vernachlässigt. Jetzt fehlt es an Übung, auch mit geringen Waffen und ohne Rüstung sich klug zu verteidigen. Doch wir sind in sicherer Überzahl, keiner braucht sich zu fürchten. Rücken wir fester zusammen und stürmen geschlossen vor gegen den alten Unhold. Vergeßt nicht: es ist bloß ein Held aus vergangenen Tagen, zu nichts mehr fähig als zu feigem Überfall.

Die Freier verschanzen sich hinter umgekippten Tischen und rücken gegen Odysseus vor. In dem Augenblick, da sie ihn beinahe erreicht haben, tritt hinter einer Säule Amphinomos vor, um Odysseus abzulenken und mit dem Schwert zu bedrohen.

AMPHINOMOS Nur zu, alter Irrfahrer, vor Troja warst du besser, hört' ich. Als es um Helena ging, fielen dir klügere Listen ein. Um deine eigene Frau kämpfst du wie ein Ochs. Deine Gattin hätte es wohl verdient, daß du dein Haus mit sorgfältigem Kriegsplan wiedergewinnst statt mit Raserei und blinder Wut. So einer wie Odysseus sollte seinen Ruhm nicht überleben.

Amphinomos stürzt sich mit dem Schwert auf Odysseus. Telemach ist ihm von hinten gefolgt und stößt ihm die Lanze zwischen die Rippen. Der Sterbende fällt dem Odysseus in die Arme und besudelt ihn mit Blut.

ODYSSEUS Mein Lieber... Ich wünschte, das Schicksal hätte dir ein wenig Ruhm gegönnt. So ging dir alles schief in deinem kurzen Leben.

Zu Telemach Einpferchen. Abschlachten.

Ein Viereck aus Segeltuchwänden sinkt herab und schließt die Freier ein. Gleichzeitig flüchten Odysseus und Telemach mit Seil oder Strickleiter zu Eumaios in das obere Stockwerk, über dessen Brüstung sie alle drei anlegen und die Freier mit Pfeilen hinrichten. Das Segeltuch wird an etlichen Stellen mit Blut durchtränkt.

ODYSSEUS Woher haben die Feiglinge auf einmal die Waffen? Verflucht! Sie tragen Rüstung und Speere! Wer hat sie in die Waffenkammer geführt? Jemand hat uns verraten.

TELEMACH Vater, bei mir liegt der Fehler. Ich ließ die Tür zur Kammer nur angelehnt, um für schnellen Nachschub zu sorgen. Vielleicht schlich eine der Hurenmägde mir nach und hat es entdeckt. Eumaios, geh und verriegle die Tür. Erschlage, wen du beim Diebstahl erwischst.

Eumaios ab. Athene in Gestalt des Mentor erscheint und schmiegt sich an den schießenden Odysseus.

ODYSSEUS Mentor! Treuer Gefährte, liebster Freund ... Bist du's? Was verwirrst du mich im Augenblick der Gefahr? Hilf mir, ich hab dir einst viel Gutes getan.

ATHENE/MENTOR Mein Liebling! Vertrau deiner eigenen Wehrkraft. Du mußt noch viel wütender werden. Laß nicht nach in deiner Mordlust. Spüre, wie nah ich dir bin, und du wirst sehen, wie ich die guten Taten von einst dir vergelte!

Die Erscheinung verschwindet, eine Schwalbe fliegt durch die Halle. Plötzlicher Lichtwechsel und Stille. Nur die Drei fragmentarischen Frauen sind zu sehen vor dem Gemach der Penelope.

SCHLÜSSELBEIN Unermüdlich, mit göttlichem Beistand schossen sie abwärts in den Haufen der Freier und schleuderten die scharfen Speere. Vater und Sohn und mit ihnen Eumaios, der Sauhirt.

HANDGELENK Odysseus tötete Demoptolemos.

KNIE Telemach tötete Euryades.

HANDGELENK Eumaios tötete Elatos.

SCHLÜSSELBEIN Und Peisandros und Polybos.

KNIE Der Städteverwüster Odysseus tötete Eurymachos. Und sein Sohn tötete Amphimedon.

HANDGELENK Aber den Ktesippos tötete der Sauhirt und höhnte und frohlockte:

EUMAIOS Das ist das Gegengeschenk für den Kuhfuß, du Spötter, den du dem edlen Odysseus auf den Teller gesetzt. Nie mehr reißt du das Maul auf für Lästersprüche. Jetzt läßt du den Göttern das letzte Wort.

KNIE Odysseus tötete den Ageláos.

HANDGELENK Telemach tötete den Leiokrit.

SCHLÜSSELBEIN Denn es hob Athene die Aigis, ihren goldenen

Schild, der Menschen in Schrecken und Furcht treibt. Die Eingepferchten rannten kopflos umher im unentrinnbaren Mordraum.

KNIE Die drei Schützen schossen sie ab von ihrem Hochstand wie Hasen.

HANDGELENK Die Schädel gespalten, die Lungen zerrissen, ergriff sie der Tod, und ihre Seele entfloh. Der Boden dampfte vom Blut. Den Palast erfüllte ein gräßliches Stöhnen.

SCHLÜSSELBEIN Penelope aber auf ihrem Lager verschlief die Stunde der Abrechnung.

Die Segeltücher fallen zu Boden. Odysseus, Telemach und Eumaios betreten die Walstatt.

ODYSSEUS Seht erst, ob noch ein Freier sich heimlich versteckt und einen Hinterhalt nutzt. Seid achtsam.

TELEMACH Da liegen sie zuckend im Todeskampf, wie Fische, die man am Strand aus dem Netz schüttet.

Hinter einem Vorhang entdeckt Odysseus den Leiodes und zerrt ihn hervor.

LEIODES Gnade, Odysseus! Hab Mitleid! Ich bin unschuldig. Ich habe mich in deinem Haus niemals an Freveltaten beteiligt. Laß Gnade walten! Immer habe ich die anderen zurückgehalten, wenn sie ein Unrecht begehen wollten. Sie gehorchten mir nicht, das ist wahr. Und so hat sie das verdiente Schicksal getroffen. Ich bin Leiodes, der Opferschauer. Mit all ihren Schandtaten habe ich nichts zu tun.

ODYSSEUS Wenn du hier Opferschauer warst, dann hast auch du zu den Göttern gebetet, es möge der Hausherr verenden in der Fremde und niemals zurückkehren. Und wünschtest wie diese, die totgeschlagenen Männer, es möge sein liebes Weib dich erhören und dir Kinder gebären. Ich sehe keinen Grund, dich zu schonen.

LEIODES *wirft sich dem Odysseus zu Füßen* Gnade, mein Fürst, du gütiger...

Odysseus stößt ihm den Dolch in den gebeugten Nacken.

Unter einem Tisch, in Rindshäuten versteckt, zerrt er darauf den Phemios hervor, der zitternd seine Leier umklammert, sowie den Rufer Medon mit seiner Schreibrolle.

PHEMIOS Hier auf den Knien liege ich vor dir, du großer Odysseus. Erbarme dich meiner, zeig Ehrfurcht vor einem Sänger. Reuen würde es dich später, wenn du den Sänger erschlügst. Göttern und Menschen singe ich nämlich. Bezähme deine Lust, auch mir den Hals zu durchbohren. Frag deinen Sohn, er kann es dir sagen: ich kam nicht freiwillig ins Haus, vielmehr zwangen mich die elenden Freier, zu ihren Mahlzeiten meine Phorminx zu spielen und Lieder zu singen.

ODYSSEUS Und solche Lieder, die ihre Unzucht begleiteten?

TELEMACH Halt, Vater, ihn trifft keine Schuld. Stoß nicht zu! Ein Sänger, bedenke, der singt nicht nur dir, wenn du es wünschst, der singt auch dem Gott.

ODYSSEUS Gut. Wir werden sehen. Er hat dich gerettet, mein Sohn, dein Fürsprecher. Merk dir nur eins und lerne daraus: gute Taten zu vollbringen ist allemal besser, als schändliche mit schönen Liedern zu übertönen.

MEDON Ich bin Medon, der Rufer. Zuletzt noch diente ich als Mundschenk. Nie habe ich Pläne geschmiedet, an keiner Untat war ich beteiligt. Doch niemand kannte die Freier besser als ich. Alles hörte ich mit. Im Befragen habe ich einzeln jeden erforscht und weiß, was er im tiefsten erwog. Jetzt, da keiner mehr lebt, bin ich der einzige, der es berichten kann. Von jedem halte ich ein langes Verzeichnis. So bewahrst du, gnädiger Fürst, in mir einen nützlichen Zeugen ihres abscheulichen Denkens und Treibens. Falls jemals sich Anhänger dieser Herren finden, die Einspruch erheben gegen die göttliche Reinigung, die du an ihnen vollzogst, sei es im Volk oder in ihren Familien …

TELEMACH Auch den Rufer taste nicht an. Er ist noch sehr jung und ließ sich nicht verderben.

ODYSSEUS Verschwindet jetzt beide aus dieser Halle. Ihr seid keine Schurken, habt aber niemand gehindert, Unrecht zu tun. Euer stilles Dabeisein erscheint mir häßlich genug.

EURYKLEIA *kommt aus dem Hintergrund* O daß ich diese Freude noch erleben darf! Daß mein Auge sich weiden darf am herrlichen Blutbad! Mein Kindchen, mein Goldstück!
Dank, Götter, Dank, daß ihr meinem lieben Herrn gewährtet, sein großes Werk zu vollenden. O Lob, Lob, Lob euch allen!

ODYSSEUS Kein Jubel, Alte. Freu dich im stillen. Es ist heilige Sitte, vor den Leichen Gefallener nie zu frohlocken. Bring mir die Weiber, die meine Ehre mißachteten und der Fürstin üblen Dienst erwiesen.

EURYKLEIA Ach, mein Kind, die Wahrheit zu sagen: viele Frauen sind im Palast, die alles tüchtig verrichten. Wolle krämpeln, scheuern, kochen und waschen. Unter ihnen sind wenige schamlos geworden. Die mir nicht gehorchen und auch nicht der Fürstin. Telemach ist ja vor kurzem erst mannbar geworden. Vorher hatte die Mutter ihm streng verboten, den Herrn zu spielen im Haus. So kamen die Mägde unbeaufsichtigt auf Irrwege.
Ich frage wohl besser nach bei der Fürstin, eh ich sie bringe. Sie aber schläft, wie ein Gott es fügte, verschläft die Stunde der kostbaren Vergeltung.

ODYSSEUS Nein. Weck sie nicht auf. Befiehl den schlechten Mägden die Halle zu putzen. Danach führt sie versammelt nach draußen. Stellt sie vor die Mauer und schlagt sie mit Stöcken. Jagt ihnen die Seele aus dem lüsternen Leib. Aphrodite sollen sie gründlich vergessen. Später erhängt sie an den Waffenhaken dort an den Wänden.
Unter den Leichen der Freier kriecht Melanthios, der Ziegenhirt, hervor und sucht zu entfliehen.

ODYSSEUS Wer ist das?

EUMAIOS Melanthios ist es, Herr. Unter den Hirten der einzige Verräter. Er war es, der für die Freier aus deiner Kammer die Waffen stahl.

ODYSSEUS Er kriecht und schleicht und glaubt, es sähe ihn niemand. Lange hielt er sich unter den Leichen versteckt. Greift ihn und schleppt ihn hinaus. Nase und Ohren schneidet ihm ab, Geschlecht, Hände und Füße, werft's roh vor die Hunde.

Telemach und Eumaios überwältigen den Melanthios und schleppen ihn aus der Halle. Die schlechten Mägde werden von zwei guten, die einen Strick um den Pulk geschlungen haben, hereingeführt.

ODYSSEUS *leicht, fast freundlich* Macht euch an die Arbeit, ihr Mägde. Entfernt zuerst alle Leichen. Ihr müßt sie schichtweise übereinanderlegen. Schön sauber und ordentlich. Dann wascht alle Tische und Stühle. Sie müssen mit Schwämmen peinlich gesäubert werden bis in die winzigsten Ritzen. Kein Fleck Blut darf haftenbleiben. Habt ihr alles sorgfältig geputzt in sämtlichen Räumen, dann schabt ihr die Böden mit Schabeeisen. Tüchtig, sage ich, tüchtig. Kein Krümchen vom Unheilsmahl will ich später auf den Bohlen finden.

EURYKLEIA *kommt mit frischer Kleidung für Odysseus* Höre, mein Kind, ich bringe dir Mantel und Kleider. So lumpig kannst du nicht gehen. Mit blutigen Fetzen behangen. Pfui! Wie siehst du denn aus, mein Jüngelchen?

Die Mägde räumen die Leichen auf. Odysseus setzt sich an einen der kleinen Tische. Erschöpfung übermannt ihn, er bekommt einen Weinkrampf.

Aber, mein Lieber, mein Braver, mein Goldjunge, ist ja gut, es ist ja alles gut. Beruhige dich und zieh dir was Warmes über den Leib ... Mägde! Macht Feuer! Rasch. Und bringt mir den Schwefel. Die Halle, die Kammern, überall muß jetzt geräuchert werden mit Schwefel, damit wir den Fluch abwenden von unserem Haus.

Dunkel. Schwalbengezwitscher. Dann wieder ein dämmriges Licht. Im Obergemach erscheint am Fenster Penelope. Odysseus und Telemach ziehen den Karren auf die Bühne, auf dem in II,1 die verschlungenen Paare vorgeführt wurden. Sie ziehen die Plane herunter und bieten die Leichen der Freier dar. Vater und Sohn neigen sich vor der Fürstin.

V

Die Wiedererkennung

Der Vertrag

I

Ein wenig abgewandt voneinander die beiden Sessel in der großen Halle, in denen Odysseus und Penelope sitzen. Hin und wieder ein stummes langsames Vorbeugen des Kopfes, ein Halsrecken der Königin, ein prüfender Blick auf den Heimkehrer, dann ein ebenso langsames Sichzurücklehnen. Odysseus blickt unter sich und wartet darauf, endlich begrüßt zu werden. Hebt er den Blick, so weicht Penelope aus und starrt in eine andere Richtung.
Hinter ihnen an den Wänden hängen kopfunter die Leichen der schlechten Mägde.
Telemach steht im Rücken der Eltern an eine Säule gelehnt. Ebenso hält sich in Penelopes Nähe Eurykleia im Hintergrund.

PENELOPE *gähnt* So fest habe ich lange nicht geschlafen wie eben. So tief und fest nicht seit jenem Tag, da – *sie beugt sich vor, schaut länger nach Odysseus* der Gatte von mir ging, um Troja mitzuerleben, verflucht sei der Name. Um nach Abscheuland sich einzuschiffen.

TELEMACH Mutter: du fragst ihn nichts? Wo bleiben die Erkundigungen, die forschenden Worte?

EURYKLEIA Schau doch mit eigenen Augen: das Sehnen deiner lieblosen Jahre hat sich mit diesem Tage erfüllt! Wach auf, mein Kind!

PENELOPE Was flüsterst du, um meine Qualen wieder anzustacheln? Randvoll ist schon das Herz mit Trauer.

TELEMACH Mutter! Dort sitzt er, umgeben von totgeschlagenen Menschen, blutübergossen, und du gehst nicht zu ihm, küßt seinen Mund, nimmst seine Hand?

PENELOPE So fest habe ich geschlafen, daß ich, noch immer benommen, nur langsam begreife: wo sind denn die Freier?

TELEMACH Die Götter machen dich blind, denn das können sie.

EURYKLEIA Kommen ist dein Odysseus! Nach Hause. Ganz wie ich sagte.

PENELOPE Jede andere, die mich mit solcher Meldung aus dem Schlaf gerissen, wäre mit Rutenschlägen aus dem Palast getrieben worden. Dich freilich schützt dein ehrwürdiges Alter.
Sie beugt sich wieder vor, um den Odysseus zu sehen.
Wer ist es denn wirklich, der die lungernden Fresser in einen Haufen von Leichen verwandelte draußen im Hof, so daß nicht ein einziger übrigblieb? Wer, wer? *lehnt sich zurück* Der Eine.

EURYKLEIA Ja, nun! Nun öffne endlich dein Herz für Freude und Glück. Leiden in Fülle habt ihr beide lange genug ertragen.

PENELOPE Ein Gott war's. Kein Sterblicher, der mich befreite.

ODYSSEUS Frag sie, Telemach: sind es die schmutzigen Lumpen an meinem Leib, die sie noch immer verwirren?

PENELOPE Sag ihm, Telemach: ein Gott war's.
Der da ist kein Mörder.

ODYSSEUS Frag sie, Telemach: wie kann sie die vielen ermordeten Männer erkennen, die Freier, mit denen sie bittere Jahre gemeinsam im Haus lebte, und ihn nicht, den Mörder?

PENELOPE Sag ihm, Telemach: er will nur eine, die es nicht glauben kann, sehen. Das ist sein einziges Verlangen.

ODYSSEUS Frag sie, Telemach: wann sich ihr Herz, das härter ist als Stein, dem Glauben an die Heimkehr des Gatten verschloß?

PENELOPE Sag ihm, Telemach: es seien schon viele gekommen, die mit Geschwätz mich betörten. Viele erschlichen sich feinsinnig unverdienten Gewinn. Die Menschen täuschen einander mit großem Geschick. Ihre Worte sind voller Vorspiegelungen, Blendwerk und Angeblichkeiten jeder Art. Ja, wäre ich Helena, für die ja die tapfersten Griechen Haus und Hof verließen und ein Jahrzehnt das düstere Troja belagerten, doch ich war nur belagert von ein paar fressenden Freiern, nicht so gefährlich ... Aber selbst die schlüpfrige Schöne wäre nicht mit einem fremden Mann auf ihr Lager gestiegen, hätte sie damals geahnt, daß unsere Heldensöhne sie eines Tages wieder nach Hause schleppen würden. Dem Gott, der sie antrieb zur Unzucht, hätte sie schließlich widerstanden. Ich selbst bin ja genügend betroffen durch ihren Fehltritt.

TELEMACH Ich bitte, sieh ihn doch an, Mutter. Laß dir die Narbe zeigen, die ihm der Eber schlug, als er ein Kind war.

PENELOPE Mein Kleiner, du gerade kennst die Pläne der Götter.
Bei all deinem Wissen, es fehlt dir doch das reife Gespür.
Sag ihm, Odysseus kehrt niemals nach Hause zurück.

ODYSSEUS Sag ihr: für so langes Mißtrauen fehlt uns die Zeit. Wir sind gewiß nicht am Ende der Plagen. Wer auch nur einen Mann erschlägt, muß fliehen vor der Rache seiner Verwandten. Wir aber erschlugen die Söhne des Adels, die tragenden Stützen von Stadt und Land weitumher. Ich bitte das nicht zu vergessen.

TELEMACH Vater, zeig noch Geduld. Du bist auf der Erde der Beste im Schmieden von Plänen, berühmt für einfallsreiche List. Ich denke, wir dürfen es später bedenken, was noch zu tun ist.

ODYSSEUS *steht auf, geht mit Telemach beiseite* Komm, mein Junge, ich sage, was jetzt schon geschehen soll: Richte im Palast ein lärmendes Fest aus. Phemios, den Sänger, hole zurück. Er schlage die Leier. Die Mägde, frisch gebadet und in schönen Gewändern, wie wir alle, schreiten mit stampfenden Füßen zu fröhlichen Tänzen, so laut es nur geht. Wer draußen vorbeikommt, soll meinen, es gebe hier eine Hochzeit. Ha! Nun feiert sie also! Feiert die Hochzeit nun doch, die vielumworbene Fürstin. Nicht länger vermochte sie dem Gatten die Treue zu halten und ihre Keuschheit zu wahren, bis er noch käme. So sollen die Nachbarn es glauben. Niemals darf ein Gerücht in der Stadt entstehen, die Freier seien alle vernichtet …

Sie gehen ab.

EURYKLEIA Welches Licht, welches nur, zerschnitte endlich die

Nebel deines Mißtrauens, du ungnädige Fürstin? Soll denn dein lieber Mann glauben, seine Heimkunft sei dir gar nicht erwünscht? Viel lieber hättest du bis in dein Alter hingehalten die elenden Freier und wärst die Vielumworbene gern noch geblieben? Oder ist es gar so, daß dir das Bild des Odysseus, erhellt von der Kerze der Erwartung, göttergleich wurde? Und nun, da er menschlich-leibhaftig vor dir steht, erfüllt er dein Sehnen nicht mehr? Bist du etwa enttäuscht, mein Täubchen, und siehst ihn deshalb nicht wieder und es flimmert und schwankt dir der Blick? Seltsame Frau. Einsame und schreckliche.

PENELOPE Liebe Amme, was rätselst du denn? Ich staune doch nur. Wenn es wirklich Odysseus ist, wenn sein Haus er betrat –
Sie verstummt. Odysseus kommt schön gekleidet und verjüngt zurück. Setzt sich wieder in seinen Sessel.
Wir werden einander schon wiedererkennen. Wir haben ja Zeichen, die andere nicht wissen. Die wissen nur wir beide. Bist du ein Zauberer? Jetzt erscheinst du mir so wie bei deiner Abfahrt von Ithaka, als du das Schiff bestiegst. Erscheinst mir so wie damals, als der letzte Blick auf dich fiel.

ODYSSEUS Bist du ein Unmensch? Hast du ein Herz aus Eisen? Komm, Mütterchen, richte ein Lager, ich warte nicht länger.

PENELOPE Ja, Eurykleia, errichte ein Lager, doch nicht in der Kammer, die Odysseus selber einst baute. Tragt das Bett vor die Kammer, legt Decken und glänzende Kissen darauf.

ODYSSEUS Tragt das Bett vor die Kammer?
Seit wann läßt sich mein Bett versetzen? Es gibt keinen Menschen, und wäre er der kräftigste, der es einfach vom Boden hebt.
In unserem Hof wuchs ein Ölbaum, der blühte, war dick wie ein Pfeiler. Um diesen Ölbaum baute ich einst die Kammer. Ich kappte die Äste und hieb mir den Stumpf zurecht und schnitzte den Bettfuß. Ich bohrte die Löcher und begann das Lager zu glätten. Mit Elfenbein, Gold und Silber wurde es reichlich verziert, untergespannt mit purpurschimmernden

Lederriemen. Das alles habe ich selber gemacht nach Art eines Meisters. Wächst noch das Bett aus der Erde? Oder verschob es irgendein Mann, der den Stamm der Olive über der Wurzel zerschlug?

PENELOPE Verzeih mir, Odysseus.

Pause

Verzeih, daß ich nicht mit dem ersten Blick dich zärtlich empfing. Ein Staunen lähmte mein Herz. Denn erst als ich dich sah, traf mich betäubend die ganze Last der Entbehrung. Alle Jahre des Kummers auf einmal beschwerten mein Herz. Und daß uns die Götter versagten, gemeinsam unsere Jugend, die Freuden der Jugend zu genießen, froh zu erleben die Ehe bis an die Schwelle des Alters, das sah ich, als ich dich sah. Meine versäumten Freuden mit dir. Mein Leben sah ich, mein verwartetes Leben. Verzeih mir, Odysseus. Doch ärgere dich nicht. Du hast ja auch sonst für die Menschen ein tiefes Verständnis.

Sie gehen aufeinander zu, sie schlingt die Arme um seinen Hals.

ODYSSEUS Eines Tages übrigens auf meiner mühseligen Reise stieg ich hinab in den Hades, ja, glaub mir, ich kehrte tatsächlich ein in das Haus der Toten. Dort traf ich Teiresias, die Seele des Sehers, der mir die Weissagung machte –

PENELOPE Alle Tage, seit deiner Abfahrt, hielt ich dein Lager bereit. Von nun an, sooft dich verlangt, will ich es teilen mit dir. Komm und berichte mir später von deinen Mühen ... da dir die Götter gewährten, wiederzufinden dein liebes festes Haus und das Land deiner Heimat ... aber wenn du dich gerade erinnerst, erzähl mir schon jetzt, welche Gefahren du ausstandest.

ODYSSEUS Was verlangst du von mir? Drängst mich, sogleich zu erzählen, und drängst mich, jetzt noch zu schweigen. Nun gut, ich erzähle dir alles und halte nichts zurück. Wenig Freude wirst du daran haben. Ich selber freue mich nicht, wenn ich zurückdenke.

PENELOPE Wenn uns die Götter ein besseres Alter schenken, als es die Jugend war, die wir nicht gemeinsam erlebten, dann besteht Hoffnung, daß wir versäumte Freuden nachholen und doppelt genießen.

Im Hintergrund öffnen sich die Mauern, das Ölbaumbett wird sichtbar. Hochzeitsmusik und Tanz der Mägde werden lauter. Eurykleia begleitet mit Fackeln das Fürstenpaar.

Die Drei fragmentarischen Frauen verschließen den Blick auf das Lager.

HANDGELENK So schwelgten sie beide wechselnd im Zuhören und in heftiger Liebe. Und den Wiedervereinten sank kein Schlaf auf die Lider, bevor alles erzählt war.

SCHLÜSSELBEIN Die eine berichtete, was sie in ihrem Palast so lange erduldet und wie sie die prassenden Freier hinhielt.

KNIE Odysseus erzählte von vielerlei Leiden, die er anderen Menschen gebracht, und jenen, die er selber ertrug.

HANDGELENK Wie er zuerst die Kikonen bezwungen.

SCHLÜSSELBEIN Wie er das fette Land der Lotophagen besuchte.

KNIE Wie der Polyphem seine Gefährten auffraß.

HANDGELENK Wie er zu Aiolos kam, der ihn freundlich beherbergte.

SCHLÜSSELBEIN Wie ihm die Schiffe vernichtet wurden und alle Gefährten.

KNIE Wie ihn Kirke mit listigem Zauber umgarnte.

HANDGELENK Und dann sein Gang in den modrigen Hades.

SCHLÜSSELBEIN Erzählte, wie die Sirenen ihn lockten.

KNIE Und wie er dem Fels und dem Malstrom entkam.

HANDGELENK Schließlich, wie ihn die Nymphe Kalypso zurückhielt auf der Insel Ogygia.

SCHLÜSSELBEIN Die ihn unsterblich machen wollte, doch niemals sein Herz gewann.

KNIE Wie er das Land der Phäaken erreichte.

HANDGELENK Die ihn ehrten wie einen Gott und ihn mit sicherem Schiff schickten ins liebe Land seiner Heimat.

SCHLÜSSELBEIN Damit schloß die Erzählung, und ein weicher Schlaf löste ihm allen Gram von der Seele.

2

Schwaches Licht fällt auf das Ölbaumbett. Odysseus fährt aus dem Traum auf. Rechts und links vom Bett sitzen gebeugte Gestalten auf kleinen Schemeln.

ODYSSEUS Wer seid ihr? Grause Gestalten! Was wollt ihr von mir? Mein Schwert, meine Rüstung! Schnell muß ich bereit sein... *Er legt Rüstung und Waffen um.* Da sitzt ihr im dämmrigen Licht, ihr Seelen der Freier, ich sah euch doch eben im Traum? Und Hermes holte euch ab mit goldenem Stab, mit dem er die Augen der Menschen bezaubert und andere wiedererweckt, wenn sie schlafen. Ihm seid ihr schwirrend und flatternd wie Fledermäuse gefolgt, Hermes, dem Seelengeleiter, entlang den Pfaden, die ins Düstere der Erde führen – und doch sitzt ihr an meinem Bett, ihr kalten Gesichter, ihr weißen Gebeine der schamlosen Freier? Ist hier etwa der Raum, wo sich die Masken der Müden lautlos versammeln? Lieg ich selber schon leblos neben der wiedergefundenen Gattin? Ist schon das Schlimmste geschehen? Wer weiß, ob ich mit meiner Seele noch eins bin? Sobald sich die Sonne hebt, wird man überall flüstern, daß ich die Freier erschlug... Eile ist jetzt geboten. Ich gehe vor allen anderen aufs Feld. Ich suche mir Schutz beim Gehöft des Vaters, an einem entlegenen Ort, der mit Bäumen dicht bepflanzt ist. Den Vater möchte ich wiedersehen, den lieben, bevor er Gerüchte vernimmt.

3

Prospekte mit blühenden Obstbäumen gehen über dem Vordergrund der Bühne nieder. Nur ein Apfelbaum steht in plastischer Gestalt hervor. An ihm bindet Laertes, der Greis, Vater des Odysseus, verpfropfte Zweige.

ODYSSEUS *betritt den Obstgarten* Äpfel, Feigen, Oliven, der Wein und das Gemüse, die Birnen: alles wie einst! ... Alter Mann! Dein Garten ist herrlich. Er leuchtet wie dem Irrfahrer im Traum seine Heimat. Alles trifft hier zusammen: die günstige Lage, die stete Pflege, das geschickte Veredeln der Sorten ... Bei wem stehst du in Diensten? Mir scheint, daß dein Herr nicht ebensolche Pflege auf dich verwendet wie du auf seine Bäume? Essen brauchst du und neue Kleidung, öfter ein Bad. Denn darauf hat ja der Greis einen Anspruch, wenn er im Schutz eines gerechten Königs lebt.

LAERTES Fremder Mann, du bist in einem Land, in dem die Gesetze verfallen wie kranke Rebstöcke. Längst gehört es einer Meute von liederlichen Jünglingen, nicht einer vom Rang eines Königs, nicht einer, von dem die heilsame Macht ausströmte. Träfst du ihn lebend hier an, den wirklichen Herrscher von Ithaka, dann würdest du jetzt in unserem Volk reichlich bewirtet von sorglosen Greisen.
Wer bist du? Welcher Erzürnte im Himmel hat dich verscheucht an die Küste dieses verödeten Staats? Oder bist du ein Kaufmann, der mit den reichen Fürstensöhnchen am Hof des Odysseus seine Geschäfte betreibt?

ODYSSEUS Also ich selbst bin ein Kreter und stamme von Kreta. Dort komme ich aus rühmlichem Haus. Mein Vater heißt –
Ich bin es, Vater. Ich selber. Kommen bin ich im zwanzigsten Jahr ins Land meiner Heimat. Erspar dir das lange Wundern, mein lieber Alter. Es fehlt uns die Zeit. Totgeschlagen habe ich die Freier im Palast. Die Schandtaten, die sie begingen am

Herrscherhaus und am Volk von Ithaka, haben sie alle mit ihrem Leben gebüßt. Jetzt aber verfolgen mich ihre Väter und Brüder und fordern Vergeltung.

LAERTES Du bist mein Sohn, wie du dastehst? Dich kann ich nicht erkennen.

ODYSSEUS Sieh, Vater, hier ist die Narbe, die der Eber mir schlug, als du mich damals zum Großvater schicktest. Prüf sie nur mit deinen Augen... Ach, du siehst sie nicht mehr? Komm, dann sag ich dir Bäume, die du mir schenktest, als ich an deiner Hand im Garten spazierte. Alles gingen wir durch, du benanntest mir jeden Baum und jedes Gewächs. Und diese Bäumchen schenktest du mir: dreizehn mit Birnen und zehn mit Äpfeln. Vierzig mit Feigen und fünfzig Reihen Wein! Wie kräftig gewachsen finde ich nach den Jahren der Irrfahrt meine Pflanzungen wieder!

LAERTES Weiß es Penelope schon? Weiß sie genau, daß du hier bist? Sonst schicken wir ihr zuerst eine Botschaft.

ODYSSEUS Sie weiß es, lieber Vater. Ich brachte ihr zur Gabe der Rückkehr die Leichen ihrer Belagerer.

LAERTES Zeus und alle Götter! Ihr lebt noch im hohen Himmel! Schickt mir noch einmal den Sohn nach Hause, und ich darf ihn zärtlich betasten, bevor mir endlich das Herz und die Knie versagen. Hör, mein Junge: Wenn du wirklich die schamlosen Freier vernichtet hast, der Zeit des Frevels ein Ende bereitet, dann kommen die Rächer jetzt schnell, es rottet auch Volk sich zusammen auf Ithaka, Gefolgsleute vom Festland eilen herbei, denn vielen verdarb es das ehrliche Gemüt, so lange das herrenlose Königreich zu erdulden.

ODYSSEUS Davon sprach ich schon. Du brauchst mich nicht mit meinen eigenen Worten zur Eile zu mahnen, Vater. Doch vergessen wir nicht, uns schleunigst ein Essen zu bereiten. Ich sah vor deinem Haus Hirten, die Rinder und Schweine zerlegten?

LAERTES O wäre ich doch beim Morden dabeigewesen und so stark, wie ich einst war! Mit Schwert und Lanze hätte ich die Schufte durchbohrt. Da hättest du jemanden wüten gesehen in der Halle, und das Herz wäre mir bei der Freude fast aus dem Leib gesprungen!

ODYSSEUS Ich spüre schon wieder den Drang, den schönen Speisen zu Leibe zu rücken …

Telemach betritt den Garten.

TELEMACH Heil dir und Glücksgruß, würdiger Alter.

Die Götter brachten dir den einzig Geliebten zurück, du kannst es sicher noch immer nicht glauben. Mögest du lange dich seiner erfreuen. Doch ich habe euch neues Unheil zu melden. Um alle Ecken der Stadt läuft jetzt die Botschaft vom gräßlichen Mord an den Freiern. Die es betraf, kamen mit Stöhnen und Jammern zu unserem Palast und jeder trug seinen Toten hinaus zur Bestattung. Die aus den Festlandstädten verfrachtete man auf Schiffe, sie brachte man eilig in ihre Heimat. Danach schritten alle vereint auf den Marktplatz. Eupeithes trat vor die Versammlung und begann eine Rede auf seinen Sohn – Antinoos, er fiel ja als erster. Schwer beladen schien er von Trauer. ›Freunde‹, sagte er, ›dieser Herrscher Odysseus ist ein Verbrecher. Erst hat er unsere edelsten Männer auf Schiffe gezwungen und in einen sinnlosen Krieg geführt. Später verlor er auf seiner Heimkehr die ganze prächtige Flotte und die restlichen Männer: keinen einzigen Helden von Troja durften wir hierzulande mit Lobgesängen empfangen, keinen unserer lieben Landsleute brachte er mit sich zurück. Nun betritt er wieder sein Haus und schlachtet unsere Söhne, tötet die Besten, weitaus Besten, aus allen Adelsgeschlechtern vom Festland und von den Inseln. Junge Männer, der Fortbestand und der Reichtum unserer Städte, klügste, friedlichste Friedensstifter, sie fielen dem Blutrausch des Heimkehrers zum Opfer. Jahrzehnte lag es verwaist, sein Reich, er ließ es verfallen, und heute, als hätte sich gar nichts geändert, soll uns sein altes, längst vergessenes Königtum wiedererstehen? Auf denn, ihr Landsleute, dem wollen wir ein rasches Ende bereiten! Sonst müssen wir's später bereuen und uns für immer unter dem Blutherrscher ducken. Beeilt euch, jetzt gilt es den

Mörder eurer Söhne und Brüder zu ergreifen. Sein Vorsprung ist nur gering, und wo wir ihn finden, am selben Ort noch wird ihm die Strafe zuteil ...‹ Einige widersprachen. Sie mahnten, Odysseus sei ein göttlich Gesandter, und Phemios, der Sänger, beteuerte gar, er selbst habe beim Kampf einen Unsterblichen neben Odysseus gesehen. Doch ihre Stimmen wurden niedergeschrien. Die Leute gehorchten lieber dem Eupeithes und stürmten sofort zu den Waffen.

ODYSSEUS Geh rasch und schau. Vielleicht sind sie wirklich schon nah.

TELEMACH Ja, Vater. Sie sind jetzt sehr nah. Wir beide sind ja bewaffnet.

ODYSSEUS *übertrieben* Jetzt ist die Stunde, Telemach! Wieder einmal! Wieder einmal! Heute schreitest du an der Seite deines Vaters zum Angriff. Es droht uns ein hartes Gefecht. Nur die Besten bestehen den Kampf. Du weißt: unser Geschlecht verträgt keine Schande. Überall auf der Welt gilt unsere Ehre. Allen voran steht unsere Mannheit, unsere Stärke, unser Heldenmut!

LAERTES Götter, ihr lieben! Was für ein Tag ist heute! Die Freude! Sohn und Enkel stehen im Kampf, und ich Alter darf es mitansehen!

TELEMACH Lieber Vater, wie mir zumute ist, wirst du gleich sehen, wenn wir dem Feind begegnen. Dann werde ich handeln nach deinem Wort und unserer Sippe keine Schmach bereiten. *Die drei verlassen den Garten. Das Licht wird schwächer, der Apfelbaum beginnt zu leuchten. Pallas Athene in der Gestalt des Mentor tritt in den Garten. In der Nähe Gefechtslärm.*

ATHENE Zeus Kronion: wie denkst du dir das Ende? Wo soll das hinführen? Sag mir: läßt du den Krieg zu und läßt das grausige Morden noch weitergehen? Oder meinst du: wir stiften besser Freundschaft zwischen den Streitenden?

ZEUS/DER BAUM Wir? Was fragst du mich, meine Tochter?
Du selbst hast den Odysseus geleitet zu mancher Gewalttat. Zuletzt ihn angetrieben zu blutgierigem Mord. Du selbst hast

ihn in immer neues Unheil gestürzt. Jetzt weißt du nicht mehr, wie du den Liebling errettest? Laß es gut sein, Tochter. Komm selbst zur Besinnung. Dann will ich durch deinen Mund verkünden, was für alle das Rechte ist.

Das Licht weicht aus dem Baum. Athene wird erhellt. Odysseus betritt erschöpft den Garten.

ODYSSEUS Athene, du Hohe ... Mentor, du Lieber ... bist du's? Ich muß einen Augenblick ruhen ... einen kurzen Augenblick. Ich brach mit dem strahlenden Sohn vorn in ihre ersten Reihen. Wir schlugen mit unseren Schwertern und doppelt gespitzten Speeren und hätten fast alle erschlagen, bis keiner mehr hinkend davonkam ... Nein ... ich stell's mir so vor, um meine Kräfte ein wenig anzustacheln. In Wahrheit weichen sie nicht, sie schlachten uns ab ... Ich glaube, du Hohe, wir halten nicht stand.

Er lehnt sich an den Baum.

ATHENE Guter Odysseus, weitaus mir Liebster von allen Schützlingen! Noch einmal, ich bitte, sammle die Kraft, schwing deinen Speer. Hierher führe ich dich ... Dort siehst du den Schatten des Eupeithes ... Nur einen Stoß noch, und der Anführer von allen ist schon vernichtet. Ich bitte, bringe ihn um. Schleudere den Speer: jetzt!

Sie haucht ihm Mut ein. Odysseus wirft den Speer.

Ha! Der Helm ist geborsten. Dein Erz hat ihm den Schädel durchbohrt. Da stürzt er klirrend zu Boden ... Herrlich getroffen, Odysseus.

Mit dem stürzenden Eupeithes fallen die Prospekttücher des Gartens. Odysseus sitzt erschöpft am Stamm des Apfelbaums. Eine Übermacht an Gegnern rückt in langer Reihe in den Vordergrund. Athene tritt ihnen entgegen.

ATHENE Nichts mehr vom schrecklichen Krieg! Männer von Ithaka, steht still! Bleibt, wo ihr seid, und spart euer Blut! Durch euer Verschulden ist der ausweglose Streit entstanden. Mir gehorchtet ihr nicht, als ich euch warnte, und brachtet eure Söhne nicht ab vom gesetzlosen Müßiggang. Darin schritten sie vor zu abscheulichem Frevel, raubten das Hab und Gut eines fürstlichen Manns. Schändeten das Ansehen seines hochherzigen Weibs. Dafür haben sie die gerechte Strafe erhalten. Denn es kehrte zurück der große Odysseus und säuberte gründlich sein Haus.

ODYSSEUS Ihr Lumpenpack, ihr dreckigen Hunde! Euch durchstoß ich die Kehle! Ihr Thronräuber! Ihr Abschaum! Euch zerreiße ich die Gedärme! Gleich liegt ihr zerstückelt am Boden wie vorher eure Schlangenbrut!

Ein blitzförmiger Speer fällt vor ihm zu Boden.

ATHENE Liebling Odysseus, halt ein! Der Streit ist vorbei. Zeus Kronion hat es beschlossen, der oberste Herrscher im Himmel. Brüll nicht mehr wie ein blutrünstiger Krieger. König bist du von Ithaka und einem weit größeren Reich ... *zu den Ithakesiern* Da nun wiedervereint ist das Paar, tritt durch sie beide die heilige Ordnung wieder in Kraft. Odysseus gebietet über die Insel und alle Städte und Stämme, die um die kluge Penelope warben. Eide der Treue schwören ihm Festland und Inseln. Wir aber verfügen, was recht ist: aus dem Gedächtnis des Volks wird Mord und Verbrechen des Königs getilgt. Herrscher und Untertanen lieben einander wie früher. Daraus erwachsen Wohlstand und Fülle des Friedens den Menschen. Aus göttlichem Spruch entstand der Vertrag. Wer ihn nicht einhält oder vergißt, der fürchte den Zorn und die Strafe des Vaters, der weit in die Welt schaut.

Die Ithakesier legen die Waffen ab. Hinter ihnen erscheint, leicht gekleidet, fast schlendernd, seltsam verjüngt: Penelope. Sie spricht mit dem einen oder anderen der Männer liebenswürdig. Hängt sich ein bei einem Alten, streicht einem anderen über die Wange. Die Männer folgen der Penelope, da sie nun auf Odysseus zuschreitet. Er verharrt mit gesenktem Schwert breitbeinig in der Stellung des Kampfbereiten. Für einen Augenblick stehen Odysseus und Penelope einander allein gegenüber. Dann tritt sie lächelnd zu ihm, küßt ihn, schlingt ihre Arme um seinen Hals und das rechte Bein um seine Kniekehle.

Botho Strauß im dtv

»... ein Erzähler, der für Empfindungen der Liebe Bilder von einer Eindringlichkeit findet, wie sie in der zeitgenössischen Literatur ungewöhnlich sind.«
Rolf Michaelis

Die Widmung
Eine Erzählung
dtv 10248

Paare, Passanten
dtv 10250

Kalldewey
Farce · dtv 10346

Der Park
Schauspiel · dtv 10396

Trilogie des Wiedersehens
Groß und klein
dtv 10469

Rumor
Roman · dtv 10488

Die Hypochonder
Bekannte Gesichter, gemischte Gefühle
dtv 10549

Der junge Mann
Roman · dtv 10774

Die Fremdenführerin
Stück in zwei Akten
dtv 10943

Niemand anderes
dtv 11236

Besucher
Komödie · dtv 11307

Kongreß
Die Kette der Demütigungen
dtv 11634

Die Zeit und das Zimmer
Sieben Türen/Bagatellen
Theaterstücke
dtv 12119

Wohnen Dämmern Lügen
dtv 12274

Schlußchor
Drei Akte
dtv 12279

Beginnlosigkeit
Reflexionen über Fleck und Linie
dtv 12358

Angelas Kleider
Nachtstück in zwei Teilen
dtv 12437

Diese Erinnerung an einen, der nur einen Tag zu Gast war
Gedicht · dtv 19007

Lesebuch der Gruppe 47

Herausgegeben und mit einem Nachwort
von Hans A. Neunzig
dtv 12368

Längst ist die Gruppe 47 Gegenstand wissenschaftlicher Untersuchungen und zugleich Legende geworden. Gegenwärtig wird sie in den Gedichten und Prosastücken, die damals, das heißt von 1947 bis 1967, auf den Tagungen vorgelesen wurden, zu denen Hans Werner Richter einlud. Das vorliegende Lesebuch enthält alle zehn mit dem Preis der Gruppe 47 ausgezeichneten Texte von 1950 bis 1967 und Erzählungen, Gedichte und Romanausschnitte von Debütanten aus den Jahren 1962 bis 1967: von Ilse Aichinger, Ingeborg Bachmann, Heinrich Böll, Barbara Frischmuth, Günter Grass, Peter Härtling, Martin Walser und vielen anderen.

»Seit den Tagen der Romantik gab es wohl keinen Abschnitt der Literaturgeschichte, in dem das Epochengespräch mit ähnlicher Intensität und in einem so großen Kreis von zeitgenössischen Schriftstellern geführt wurde wie hier in den Jahren 1947 bis 1967 – und darüber hinaus. Es währt unter denen, die damals ›dabei‹ waren, bis heute...«

Heinz Friedrich

»Dabeizusein, da mitzumachen, das war gut.«

Joachim Kaiser

Volker Hage

Alles erfunden

Porträts deutscher und amerikanischer Autoren
dtv 19032

Wenn uns ein Autor gefangen hat, entwickeln wir, die Leser, häufig eine gewaltige Neugier, mehr über ihn zu erfahren. Im Zentrum dieser Porträtsammlung steht »der Schriftsteller, der einzelne mit seinen Geschichten: jenen, die er in Büchern erfindet, und jenen, die er über sich und sein Leben erzählt. Und immer wieder ist die Frage, wie das eine mit dem anderen zusammenhängt.« Begegnungen des heutigen ›Spiegel‹-Redakteurs mit Günther Anders, Jurek Becker, Wolf Biermann, Harold Brodkey, Richard Ford, Max Frisch, Joseph Heller, John Irving, Ernst Jandl, Wolfgang Koeppen, Joyce Carol Oates, Philip Roth, Gerold Späth, Botho Strauß, John Updike, Martin Walser – Begegnungen, die uns manches besser verstehen lassen und unsere Bekanntschaft mit dem Autor vertiefen.

»Es ist ihm gelungen, ausnahmslos interessante Autoren zu befragen, darunter auch solche (Philip Roth, Botho Strauß), die für gewöhnlich keine Interviews geben, und er hat eine vertrauensvolle Atmosphäre schaffen können, in denen sie gern erzählen möchten: von sich und ihren Büchern.«
Süddeutsche Zeitung

»Seine Porträts erzählen Geschichten, sind also schon wieder Literatur.«
Norddeutscher Rundfunk

»Leicht und unkompliziert formuliert, zeichnen sich lebendige Ansichten ab, die durch ausführliche Werkzitate ergänzt werden.«
Rheinischer Merkur

Christa Wolf im dtv

»Grelle Töne sind Christa Wolfs Sache nie gewesen; nicht als Autorin, nicht als Zeitgenossin hat sie je zur Lautstärke geneigt, und doch hat sie nie Zweifel an ihrer Haltung gelassen.«
Heinrich Böll

Der geteilte Himmel
Erzählung
dtv 915

Nachdenken über Christa T.
dtv 11834

Kassandra
Erzählung · dtv 11870

Voraussetzungen einer Erzählung: Kassandra
Frankfurter Poetik-Vorlesungen
dtv 11871

Kindheitsmuster
Roman · dtv 11927

Kein Ort. Nirgends
dtv 11928
Fiktive Begegnung zwischen Karoline von Günderrode und Heinrich von Kleist.

Was bleibt
Erzählung · dtv 11929

Störfall
Nachrichten eines Tages
dtv 11930

Im Dialog
dtv 11932

Sommerstück
dtv 12003

Unter den Linden
Erzählung
dtv 12066

Gesammelte Erzählungen
dtv 12099

Auf dem Weg nach Tabou
Texte 1990–1994
dtv 12181

Medea. Stimmen
Roman
dtv 12444

Die Dimension des Autors
Essays und Aufsätze, Reden und Gespräche 1959–1985
SL 61891

Christa Wolf/Gerhard Wolf:
Till Eulenspiegel
dtv 11931